WILEY

理论之后的阅读

Reading
AFTER
Theory

[英] 瓦伦丁·坎宁安（Valentine Cunningham） 著
周 敏 高卫泉 译

著作权合同登记号　图字：01-2024-2048

图书在版编目(CIP)数据

理论之后的阅读 / (英) 瓦伦丁·坎宁安著；周敏，高卫泉译. -- 北京：北京大学出版社，2025.2. -- (当代西方学术前沿丛书). -- ISBN 978-7-301-35409-4

Ⅰ.I106

中国国家版本馆CIP数据核字第2024CP9266号

Title: *Reading After Theory*, by Valentine Cunningham, ISBN: 9780631221685
Copyright @ Valentine Cunningham 2002
All Rights Reserved. This translation published under license. Authorized translation from the English language edition, Published by John Wiley & Sons. No part of this book may be reproduced in any form without the written permission of the original copyrights holder
Copies of this book sold without a Wiley sticker on the cover are unauthorized and illegal.

书　　　名	理论之后的阅读 LILUN ZHIHOU DE YUEDU
著作责任者	［英］瓦伦丁·坎宁安(Valentine Cunningham)　著 周　敏　高卫泉　译
责任编辑	刘　爽
标准书号	ISBN 978-7-301-35409-4
出版发行	北京大学出版社
地　　　址	北京市海淀区成府路205号　100871
网　　　址	http://www.pup.cn　　新浪微博：@北京大学出版社
电子邮箱	编辑部 pupwaiwen@pup.cn　总编室 zpup@pup.cn
电　　　话	邮购部 010-62752015　发行部 010-62750672　编辑部 010-62759634
印　刷　者	北京鑫海金澳胶印有限公司
经　销　者	新华书店
	720毫米×1020毫米　16开本　13.75印张　200千字 2025年2月第1版　2025年2月第1次印刷
定　　　价	69.00元

未经许可，不得以任何方式复制或抄袭本书之部分或全部内容。
版权所有，侵权必究
举报电话：010-62752024　电子邮箱：fd@pup.cn
图书如有印装质量问题，请与出版部联系，电话：010-62756370

亲爱的爵爷，尽管您对玄学并没有什么兴趣，您也一定会赞同，一位伟大的诗人，或多或少应该是一位深邃的玄学家。或许他并不能将这些玄学在头脑中理顺，抑或在口头上表达得明晰，但他的鉴赏力中必须全是这样的玄学。也就是说，他必须有阿拉伯人那样的耳朵，可在宁静的大漠中倾听；他必须有美洲的印第安人那样的眼睛，可追索留在林间落叶上的敌人的脚印；他必须有盲人那样的触觉，可以感受可爱的孩子的脸颊。他就用这样的耳朵、眼睛和触觉，把握所有声音以及人性的各种形式。

（塞缪尔·泰勒·柯勒律治，
写给威廉·索斯比的信，1802年7月15日）

目录

1 然后呢？现在要做什么？ 1
2 阅读总在理论后 4
3 理论，什么理论？ 15
4 理论的益处 44
5 片段……废墟 63
6 "种种爵士乐"？抑或急剧消失的文本 81
7 虐待文本：抑或废除套板反应 104
8 理论的简化性 144
9 触摸阅读 164
10 当我可以读清我的头衔 193
注释 199

1
然后呢？现在要做什么？

> 但那幽灵却唱得更响，"然后呢？"
> ——W. B. 叶芝，《然后呢？》

这是来自叶芝《然后呢？》一诗中的柏拉图的幽灵的声音。"'然后呢？'柏拉图的幽灵唱道。'然后呢？'"诗人往上爬得越来越高，创作生涯越来越红火，名气也越来越大，但这个问题始终萦绕耳边，"然后呢？"

> "作品写成了，"年老的他这么想，
> "按照我少年时的打算：
> 任蠢蛋去咒骂，我未曾转身，
> 有些事做得美妙完满。"
> 但那幽灵却唱得更响，"然后呢？"

文学理论同样面临这一问题。理论化的道路走到今天,这一问题仍然存在:然后呢?现在要做什么?在理论(theory)之后,我们读者是干什么的,我们需要干什么,可能干什么?本书中首字母大写的"理论"(Theory),指的是始于20世纪60年代的现代理论。① 已逝的保罗·德曼是耶鲁学派有名的解构主义者,他曾说,"理论"之后我们剩下的唯一的批评任务,将是对所有的文学经典、所有读过或未读过的文本,以解构的方式慢慢重读。"解构"会是最后一种批评方式,是一个终极方案(Final Solution)。德曼绝非第一个认为文学批评的尾声已然来临的人。早在20世纪初期,新批评的批评家及其追随者认为批评家的任务,用他们的专门术语来说就是要将每首诗变为精致的瓮或者词汇的图像。他们也表现得好像这是批评的唯一道路似的。然而,无论是他们对于批评的未来的期待,还是保罗·德曼对于批评的未来的期待,都没能持续很久。德曼先生去世了,带着政治上的污秽与学术上的骂名离去。这使得这一短篇故事,或者这一阅读潮流,或者耶鲁解构主义,或者至少保罗·德曼版的解构主义,戛然而止。于是,那些被保罗·德曼无畏地塞入了他分析的理论大口中的作家和文本们的幽灵大呼:"然后呢?现在要做什么?"与此同时,那些被德曼的同党和学生们解构掉的所有文本的幽灵,那些严阵以待准备接受去德曼化处理的作家文本的幽灵,都加入了呼喊的队伍。

阅读将会继续,它必须继续(贝克特的无名氏的幽灵这样说道),

---

① 译者在翻译正文中首字母大写的 Theory 一词时一般指明是20世纪60年代以后的理论,或因行文需要为理论二字加上引号,即翻译为"理论"。除此以外的理论二字即是一般意义上的理论(theory)。

它继续着。但无论如何,阅读不能忽视"理论",因为阅读无法忽视它的前历史。它绝对不能忽视保罗·德曼所提出的那些"理论",以及与之相关的一切,以及"语言学转向"过程中的曲曲折折。我可以肯定,或许不是"理论"的全部,至少也是"理论"的大部,会凭借其影响力,如我们歌曲中所唱的"我们的爱"那样,"永远存在"。但问题是:那又怎么样?在经历了"理论"的争吵之后,该怎样看待"理论"?然后呢?现在要做什么?

2

阅读总在理论后

> 萨缪尔·夏普说:"后女权主义这个词我从没弄懂过。"我说,它的意思是我已经吸收了女权主义的内涵,但又没有被它迷惑。他顽皮地笑了一下,说:"哦,那我也是一位后女权主义者。"我说,从他在剧本里对女性角色的处理来看,很难让人相信他说的是真话。
>
> ——戴维·洛奇,《家庭真理》

阅读总在理论后。作为读者,我们所有人都会跟随在各式各样的理论之后。我们全部永远都是后理论的,都是后理论家。我们面临的问题永远都是:然后呢?接下来是什么理论呢?由于这种反复的、常态的滞后,作为读者的我们该怎么做呢?从2500年前,柏拉图和亚里士多德对文学加以理论化开始,这个问题就一直存在着。当下文学理论化如雪崩和尼亚加拉瀑布一般袭来,这一问题变得更为迫切。本书要探讨的就是这一问题,但它绝不是对理论的赞歌,尤其不会对20世纪60年代以后的理论唱赞歌,但也不会只唱悲歌。此书绝对不想加入对"理论"只有满腹牢骚的合唱队,也不想与这些爱说大话的保守主义者为伍。从海伦·加德纳(Helen Gardner)的《为想象辩护》(*In Defence of the Imagination*,1982)到罗杰·夏杜克(Roger Shattuck)的《坦率与颠覆》(*Candor and Perversion*,1999),它们均沿着两个布鲁姆——艾伦·布鲁姆(Allan Bloom)和哈罗德·布鲁姆(Harold Bloom)晦暗的批评之路嬉笑打闹。

诗人菲利普·拉金,同时也顶着爵士乐评论人的头衔,他曾经在一篇评论中提到进步乐观主义者H. G. 威尔斯与悲观一些的爱德华·吉本(《罗马帝国衰亡史》)之间的对立。他认为:"爵士乐史家要么是威尔斯,要么就是吉本:要不就认为事态正越来越好,要不就认为事态正越来越糟。"这样的对立很适用于描述针对文学理论,特别是20世纪60年代以后的文学理论的争论。拉金继续说道:"因为音乐似乎每二十年左右就经历一番剧变,所以两种观点都能找到很多证据。"[1]文学理论也受着这样的力量的影响,特别是20世纪60年代以后的晚近文学理论。本书将从威尔斯与吉本的两种立场去思考这一问题。

阅读无可避免总是滞后的。它总是后期的工作,显然位于书写之后。展开阅读之前,它需要有写好的、给定的文本材料。很明显,阅读是补充性的。然而,不太明显的是,阅读也是理论的补充。读者和阅读一样,都是事先形成、事先判断、事先拥有某种成见和倾向的,读者总是知道一些关于如何阅读、从面前的某个文本中可以得到什么以及从所有文本中均可得到什么的理念。读者不会因为要坐下来看某本书,就完全抛弃那些形塑了他们自身和他们阅读观念的偏见、信念和态度,或者那些他们从生长环境、教育环境和生存环境中得到的乱七八糟的观念。因为这些正是他们自我的核心成分,换句话说,正是这些东西使他们每个人成为独特的人。全部抹除读者的智识、情感、想象、伦理和精神是不可能的,即使他们乐意这样去做也是做不到的。所有的读者在开始读书、触及书页的时候,身上都背着个前见的包裹。这一包裹中的大部分内容必然都是类似文学理论的东西。

事实上,没有这个包裹,很难想象阅读会怎样进行。乔纳森·卡勒(Jonathan Culler)在《结构主义诗学》(*Structuralist Poetics*, 1974)中已经借由乔姆斯基的语言学理念说得很明晰得体了。他认为,在开始阅读一个新的文本之前,我们必须要拥有一定的阅读能力(readerly competences)。要想读好一部著作,我们必须首先知道如何读。不同的书籍、文本、小说或诗歌,要求有不同的阅读策略、阅读实践和阅读能力。读者进入文本的时候,习惯于寻找一些标识,并按照标识应用相应的阅读能力。我们这样做时常常是不假思索的。它可以是灾难剧可以是悲喜剧,或者滑稽剧,或者全部乱套,把游记当作小说读,把史诗当作挽歌读,把菜谱当作诗集读。当然,有一些书,你很难轻易做出决断,所以要不断猜测。比如说,《圣经》该怎么读呢?作者和文本喜欢跟他们的读者玩游戏。这菜谱真的是一卷诗歌,这部自传真的是一部小说,这部小说貌似是一本游记,等等。很多文本喜欢使用多种文类,这就要求读者运用一整套的能力。但现在的问题是,所有的阅读都依赖于你所知道的如何阅读的知识。不具备这些知识的人无法开展阅读，或者无法深入阅读。

　　显然，读者必须在阅读之前得到警示和装备。读者总是之前的各种知识的承载者，总是在某种程度上已经陷落于某种知识。阅读是人类堕落以后才有的事宜，它总是啃食理论知识树上的果子。因此，阅读从来不是天真无邪的，不经训练就无法存在。从把握阅读机制的角度来看，我们都被教导过如何阅读。我们被教导如何阅读，如何理解所读之物，如何创造意义、理解意义。对我们大多数人来说，后者发生的时间十分早，方式也十分隐秘，所以我们甚至都不曾察觉这一学习过程。这就是于你而言的意识形态和信念。它们悄悄地走向你，通常已经悄悄地走向你了，而你还不知道，不知道它们是怎么走向你的。

　　当然，也有一种常见的幻想（fantasy），认为存在一种独立而自然的读者，存在只与文本单独相处的男男女女，以为他们理解文本的时候并不借助外力，不受先入之见的沾染，不受偏见和教条的沾染，特别是不受所谓理论，或（尤其是）20世纪60年代以后的理论的沾染。这种梦想（dream）对现今的理论教育多有微词。但其实没有人可以做到纯天然地阅读，理解来得从来不会这样容易。历史、小说或其他艺术中充满了关于阅读的场景，文学中这样的阅读场景更是比比皆是，尤其是在小说与诗歌中的一些例子，恰恰证明了读者要想从事阅读，就必须接受训练——这些文字、绘画或其他任何媒介作品中有关阅读的场景，没有一个认为阅读是可以没有向导的，或者理解写作是不需要向导的。即使认为阅读仅仅是打开的书本和完全独立于外界的读者之间的交流活动，即认为阅读是为了自己，阅读的参与者是被西方神话化了的自由的个体自我,这一点也依然成立。

约翰·弥尔顿(John Milton)在《论基督教义》(*De Doctrina Christiana*)(以奥古斯丁的同名著作之名命名)中对待《圣经》的方式就支持这样一种阅读观,声称这样的阅读是不经教义灌输的读者的无上责任与光荣。基督徒读者要自己去阅读《圣经》中的字词本身,只需这样就可以发现信仰的条规与真谛。"每位读者都有权阐释《圣经》,我的意思是为他自己而解经"。"外人无法为他充分解经"。基督徒读者被认为可以全靠自己,只遵从自我的良心,完全无须"可见的教会"的帮助,无须教会的博士、牧师、解经权威或者地方法官、国家官员的帮助。3

《鲁滨逊漂流记》是一个典型的清教故事,书中的鲁滨逊·克鲁索就是受了这样的阅读观念的驱动——这位与世隔绝的读者在荒岛上孤身一人,面前只有一本未经注释的普通《圣经》(他实际上有三个版本可供选择)。他通过阅读摆脱孤独,在与一本书的接触中独自寻求意义,没有牧师、教堂或评论家的帮助,通过一个人阅读《圣经》发现真理。

> 我们有一种难以形容的极大福气,有关上帝的知识和耶稣基督拯救灵魂的学说都清楚地写在"神语"里。它们易于被接受和理解,我只需读读《圣经》就能充分明白我的义务,坦然采取伟大的行动真诚地为自己的罪过忏悔,紧紧依靠救世主获得生命与拯救,不断地在实践中改过自新,完全服从天意,而我知道这一切并没得到任何人的讲解和指导。4①

---

① 译者注:译文参照刘荣跃译《鲁滨逊漂流记》(北京十月文艺出版社,2004)第95页。

清教徒的主张非常清楚：上帝的话写得明明白白，不需要老师或讲员的帮助，就可以自行阅读。但阅读之前一定也有很多前在的教导。从玄学的角度讲，基督徒总是呼唤上帝帮助他们理解。如圣奥古斯丁一再强调来自上帝的怜悯、恩泽与劝导。如弥尔顿声称依赖圣灵，它将人引向真理；依赖基督的心灵，它引导着读者使其不致孤身一人。如笛福在潜台词里强调，毕竟他有一个非人类的导师。很显然，这些成功的读者所依赖的东西，肯定不只像他们虔诚的宣告说的只有圣灵而已。奥古斯丁拿起《罗马书》的时候，绝对不是一个无知的读者。这位修辞学教授熟读古典文学。《忏悔录》第八章，"皈依时的阵痛"，讲述了一个充满教义启示和为顿悟的重要时刻的到来所做的准备的故事。从博学的辛普立西那里，奥古斯丁得知了他所读过的有关柏拉图著作的一切，以及威克多林（Marius Victorinus）通过阅读《圣经》悔改归主的故事。受此启发，他开始自己阅读圣徒保罗的书籍。当同乡人本底弟安（Ponticianus）来访，他吃惊地发现圣徒保罗的书籍正"放在一张赌博桌上"，打开着。本底弟安告诉奥古斯丁，他的一个朋友因为阅读《圣安东尼传》（*Life of St Antony*），受到启发，生活发生了很大的改变。奥古斯丁记起他 18 岁的时候阅读西塞罗的《霍尔登修》（*Hortensius*），并"被追求智慧的热情所打动"。奥古斯丁对自己的俗世生活、他的欲望和放荡的行为深感愧疚，于是才读了《罗马书》第 13 章。他非常清楚能从好书，以及圣保罗写就的圣书中获得什么。他要实现个人道德的重塑。看吧，这一愿望实现了。可以说，圣灵所教导的这一读者已经受过了良好的教导。弥尔顿，这个迄今为止最渊博而深邃的《圣经》读者，也是如此。他在《论基督教义》中谈及传统的基督教阐释学的观点和实践时说：

> 神学家已经规定好了阐释《圣经》的正确方法。这绝对有用……要求是要有语言功底，要了解原始资料，要考虑整体意图，要区分字面语言与隐喻语言，要考察具体原因和具体语境，以及所讨论文本前后出现的文本，并比较不同的文本。

这位独自阅读的读者，在实践中要运用已有的阐释规则——如要区分字面意思与隐喻之意——还有文本外的知识、原始手稿的知识，以及手稿来源的知识，来为自己全副武装。这位读者真是一位预先设定好的读者，与弥尔顿所呼吁的"信仰的类比"相一致。"我们也必须总是要问，阐释与信仰的一致程度有多少"（"文本中所有地方与信仰的类比都要注意，都要留神甚至考察。"）"信仰的类比"似乎是基督教信仰中的类似公分母的东西。它来自已确定的《圣经》含义与信条的整体，即给定的基督教主要教义，或我们所谓的理论，并通过这一整体表达出来。我想，通过信仰的类比来检验阅读，就是弥尔顿所说的相信读者有"基督的心灵"。[5]

对于鲁滨逊·克鲁索而言，他对于《圣经》文本的阅读反应，都来自传统的新教和清教教义，而这是以小说作者笛福接受新教教育时长期浸淫于《圣经》阅读所得到的经验为基础的。因此尽管克鲁索貌似是一个未曾读过《圣经》的无知形象，但是实际上他对《圣经》知道的并不少。从克鲁索叙述的最开始，由于他与父亲"严肃而完美的规劝"背道而驰致使他沦为现代的不肖子，他实际上就是按照《圣经》叙述的模式自发展开的。这恰好证明清教徒的阅读,总是期待《圣经》的文本会复活,会在日常生活中重演。从一开始,克鲁索展现给我们的形象就是一位熟读《圣经》的读者。克鲁索坚持拒绝在别人的教导下阅读,从这一点就可以见出,在当时有关《圣经》的本质、《圣经》的阅读和它在基督教启蒙与引导中所扮演的角色等辩论话题上,他是多么有学识。克鲁索对他自己和星期五——另一位《圣经》的普通读者,以克鲁索为榜样——接下来的讨论,再次证明了他对当时的神学与《圣经》争端是了如指掌的:

> 至于世上发生的关于宗教的所有纷争、冲突与辩论,无论是各派学说的细微差别还是教会政府的不同方案,对我们全都毫无用处,或许对所有的世人亦如此。我们有去天堂的可靠指引,即"神语"。①

作为读者的克鲁索,在经过对《圣经》含义的思想斗争以后,最终实现了他的阅读,得到了属于他自己的如何才能参透《圣经》的得体的方法。他真是受着这一方法的引导。所以,如果不是这样的话,他怎么能够参透他所打开的书籍、他所选择的文本呢?

圣徒腓利与埃塞俄比亚犹太宦官的《圣经》故事,清楚地说明了阅读需要一些先决条件。腓利离开撒马利亚(《使徒行传》第八章),在路上碰到了在埃塞俄比亚女王干大基手下总管银库的宦官。他正坐在

---

① 译者注:译文参照刘荣跃译《鲁滨逊漂流记》(北京十月文艺出版社,2004)第 95—96 页。

马车中,从耶路撒冷往家赶。这位宦官正在大声朗读一卷《以赛亚书》。他读的是第57章的第7、8小节,这恰巧被腓利听到了,讲的是正在遭难的仆人的死亡。腓利问:"你懂你读的内容吗?"他回答道:"又没有老师的引导,我怎么会懂呢?"一个人是无法理解的。腓利坐上马车,他是这文本之谜的解答者。宦官问:"请问,先知说这话是指着谁?是指着自己呢,还是指着别人呢?"腓利就为他做了基督教论的解读。"腓利就从他手头的这部《圣经》说起,对他传讲耶稣的事迹。"宦官接受了他的阐释,全心信仰了书中的上帝,并在就近的水坑里受洗了。故事的意思很清楚,有效的理解,恰当得体的阅读行为,只有在身边有人充当阅读的第一求救人进行引导的时候,才能实现。每个忒修斯都需要一个阿里阿德涅和她的线团(clew),需要她纺织所用的理论之线,或者说阐释的线索(线索"clue"和线团"clew"是同一个词)来帮助他走进迷宫,再走出来。阿里阿德涅的引导是遵循线索进行阅读的唯一方法,只有这样,才能帮助宦官从对文本的迷惑中解脱,逃离那因为阐释的困惑与混乱而带来的不安状态。

  这一认识也镶嵌在一本小说极为感人的阅读场景里——乔治·艾略特的《弗洛斯河上的磨坊》中贫困不堪的麦琪·塔立佛,通过阅读金碧士(Thomas à Kempis)的《效法基督》(*The Imitation of Christ*),得到了放弃我执的启示。这本旧书是她的好友,不爱看书的鲍勃·贾金给她的。通过与这来自过去的、被书籍记录下来的声音的偶然相遇,麦琪找到了一种深刻的道德慰藉和向导(故事发生在第四卷,第三章,题目是"一种来自过去的声音")。但当她拿起这本书的时候,并不是靠着自己去寻找书中最有用的部分——那些最有用的部分被别人折过页角,在纸页上做过标记。麦琪是在前人阅读的基础上展开的,她能成为一位有效率的读者,我要重复这一点,是因为她得到了别人的帮助。

她怀着好奇心,拿起这本小小的、破旧又装订粗糙的书本。有好几页书角都折了起来。一个现在已经安息了的人,曾经在有些地方用钢笔画上了很深的记号,时间一久,这些记号都变成了棕色的,麦琪一页一页地翻着,阅读着由安息了的人所画出来的部分……

"必须知道自爱对你的害处甚于世上的一切……"

她在往下读的时候,感到一阵奇特的、使人毛骨悚然的敬畏,仿佛是在夜里,被庄严的音乐声惊醒,这声音告诉她有些人的灵魂在活动,而她的灵魂却在昏迷中,麦琪从一个棕色的记号看到另一个棕色的记号,就跟安息了的人在指给她看似的……[6][①]

哈罗德·布鲁姆最近告诉我们:"如今的普通读者需要第三方的帮助才能读懂《失乐园》。"他显然对一个不需要第三方帮助的阅读时代充满了怀念。[7]然而,我怀疑这样的时代是否存在过。如今,我们每个人必定都是埃塞俄比亚的宦官和麦琪·塔立佛——我们都需要某个人来引导我们,都需要一个可以向我们解说的腓利和一只点拨的妙手。《圣经》的写作者对着加拉太人说(《加拉太书》3:24),律法"是我

[①] 译者注:译文参照祝融、郑乐译《弗洛斯河上的磨坊》第358—359页。

们训蒙的师傅（schoolmaster），引我们到基督那里，使我们因信称义"。那么，没有师傅就没有知识。师傅、导师（pedagogue）曾是古希腊家庭中的奴隶，其任务是护送男孩去学堂。所有的读者，所有的阅读，都必须由一位师傅领进学堂，这业已成为一种传统。在这种情况下，文学理论提供了最主要的向导。

3
理论，什么理论？

> 我们认为，追求纯粹的、无功利的阅读的那种激情是更富有人情味的，而按照某个体系来阅读则容易扼杀这种激情。
>
> ——弗吉尼亚·伍尔夫，《图书馆时光》

我们所有人，我们所有读者，都在理论之后，这毫无疑问。然而，是什么理论呢？通常认为，过去几十年间，我们经历了一场理论革命。事实确也如此。我们生活在大量的新理论、方法、术语和修辞之中。"理论"无处不在。诚然，如今出版的探讨文学或对文学进行解读的作品，抑或是学界的专业评论家所做的关于文学主题的讲座，没有不使用批评术语的，而这些术语在以前，比如1965年前，还鲜为人知。这些作品和讲座没有不向那些知名的文学理论家致敬的。以前，这些理论家很可能也是笔耕不辍的，但知道他们的仅为几个挚友或同事。现在，沉睡50年后的批评家瑞普·凡·温克(Rip Van Winkle)醒来了，却再也认不出他所返回的这座巴别批评塔了。犬儒主义者认为，文学研究一直是过于钟爱新词，因为我们是一群伪科学家，渴望了解我们工作的基本原理，而且总是会密切关注那些被夸大了重要性的术语，用它们来搞晕或驳斥那些批评家或意见不合者。如果是这样的话，那么近几十年来的经历尤其满足了业内人士的需求，满足了文学批评产业。如今这个产业充斥着各种批评新术语，我们读者的天空闪耀着虚张声势的修辞。60年代以后的理论在词汇方面确实上演了一出好戏，但如果你反对60年代以后的理论，那么这就是一出烂戏（术语之剑本就是一把双刃剑）。

保守的美国国家学者学会（US National Association of Scholars）说，如果某文学系的课程目录中使用了学会（www.nas.org）所列出的115项糟糕的"理论"条目中的任何一项，你就可以轻易地认出它是一个"后现代主义"文学系。这个长长的闪光的打击名单里包括的术语有：代理、艾滋病、鲍德里亚、身体、经典性、乔姆斯基、电影的、阶级论、语码、色彩、语境论、去中心的、德勒兹、德曼、德里达、话语、统治、色情的、欧洲中心主义、女性主义、复数的女性主义、女性主义者、福柯、弗洛伊德、弗洛伊德信徒、同性恋者、同性恋爱、凝视、性别、性别化的、伽塔利、女本位主义、霸权国、霸权主义的、异性恋霸权、异性恋主义、历史主义者、同性性欲、身份、意识形态、帝国主义、乱伦、拉康、女同、女同性恋主义、逻各斯中心主义、利奥塔、男性气质、边缘化的、现代主义、压迫、他者性、父权制的、祖产、菲勒斯中心主义、后殖民主义、后现代主义、后结构主义、权力、实践、性心理、酷儿、酷儿化、酷读、种族、性、性别歧视、性取向、奴隶制、结构主义、属下、主观论、理论、跨性别、

变性、发言权、白人性、妇女主义、女人①。¹

洋洋洒洒罗列了美国国家学者学会的几十个术语之后,伦敦《泰晤士报文学副刊》(*Times Literary Supplement*)在 2000 年 10 月 6 日号诙谐地写道,如果这些"后现代"术语让你的脑细胞兴奋不已,你就应该申请那些展示出"最高比例"此类术语的学院。但美国国家学者学会和《泰晤士报文学副刊》都没有抓住重点,这是具有历史意义的一点:对于这些术语和文学方法,他们所建议和推崇的阅读兴趣,在大学的英语院系或其他文学院系里非常普遍。除此之外,也包含一些致力于各类研究的学院或二级学院,譬如,文化研究也会把文学作为证据,同时鼓励对社会"文本"的"阅读",这是他们的调查方法。这些都是正常而规范的。当代阅读——尤其是在大学中的阅读——显然无法离开这些术语及其他类似的内容。

美国国家学者学会所罗列的"理论",即我所谓的首字母大写的"理论",显然是无所不在的。当然,或许从严格意义上来说,其中很多并不具有理论性:至少它们不是科学意义上的假设、模型、原理或描述,没有以一种可检测的或可证实/伪的方式来告诉我们何为文学或文学性,以及它们或它们中的分支是如何运转的,也没有从科学角度对文学或文学分支的功能进行描述。然而,诗歌、小说等文学体裁不像催化酶,不像原子微粒子、化学元素,也不像月亮或人体(human body)这种巨大散漫的实体。[尽管"体"(body)是文学里面的一个最让人喜欢的隐喻,比如我们说书写整体、作品体系、文本主体等。]所

---

① 译者注:女人 womyn 是 woman 的复数,为女权主义者造词,以避免 women 一词中含大男子主义的"-men"。

以，我们期望文学理论具有与科学认知工具、模型、公理、数学符号及等式一样的功能，根本就是错的。这并没有阻止许多理论家追寻科学主义的脚步。有些理论家也实现了类似的目标。理论家越接近语言学，实现这一点就越具有可能性，也越令人信服。写作中的语言学部分、结构及其功能，譬如其中的摩擦音、音素、语法上的一个与格、语言学上的一个能指、一个完整的句子，其可知性和有界性与微粒、月亮没有什么不同，这类物体的本质和行为能被预测、确认而且真正被理论化。这与讽刺诗、小说或16世纪的文学传统不甚一致。

我们看到的大部分文学理论，尤其是20世纪60年代以后的理论，都将自己呈现为一套文学的基因语码，正如热拉尔·热奈特（Gerard Genette）所谓的构成性诗学或本质主义诗学，或赫希（E. D. Hirsch）所谓的普遍阐释学。事实上，大多数理论，不止20世纪60年代以后的理论，本质上都是斯坦利·费什（Stanley Fish）所说的经验规则，或热奈特所说的条件诗学，即暂时有用的阅读方法，阐释的公共设施，批评的简单实践，阅读的法则、信仰，甚至是预感——它们是一团我碰巧装在批评工具包里的有用假设，由偶然性和实用性所驱动，而非必然性，有时甚至只是一些彻底的玩笑和随意的尝试，是理论家刚刚想到的东西。[2]

理论家不喜欢被别人攻击说处于非理论的混乱状态，于是会竭力去反驳。一些理论家已经努力地依靠词源学来解释他们工作的绝对意义，援引希腊词 theoros，即"观众之义"。因此，理论变成了观众的工作，即旁观者和听众的工作。当然，许多20世纪60年代以后的理论试图援引权威以表明自身所属的"阐释共同体"或"读者反应"类型，援引了读者的"凝视"来彰显他们的理论追求。但这些援引依然像其他那些能够使理论家感兴趣的要素一样,具有不可靠性,而且难以捉摸。这些援引依然不能落实为理论家渴求的那种可以用科学的眼光进行凝视的实物。诚然,认为理论是旁观者的活动等于彻底缴械。那么,到底什么是阐释共同体呢?这只是一个关于20世纪60年代以后理论战场上的一个不受约束的发出概念爆震声的加农大炮(cannon),这种大炮产生的只是不严谨的"理论"正典(canon),用热奈特的话来说,都是更加具有条件性而不是构成性的理论。整体上看,文学理论化总是跟德语词 *Literaturwissenschaft* 所声称的文学之科学有一定距离。即使是所谓的科学家试图理论化时也是如此。60年代以后的"理论"大师、精神分析学家雅克·拉康的文学理论化是其科学研究的重要部分,他的作品中充满了代数和算法,目的是揭示语言、认知及阅读的运行。然而,他的思考和所提出的概念,并没有让他像一位航空物理学家或生物化学家那样,得到相应的理论地位(在这一点上,精神病学和文学批评面临同样的难题)。

我之后会谈及20世纪60年代以后的理论,这里先谈理论。尽管这个术语缺乏严谨性,意义模糊,过度简练,是一面宽阔的"方便旗",但它的意思却是固定的,我们事实上多少知道些它的意思。它确实包含了美国国家学者学会名单所体现的一系列关切和立场,以及名单中暗指的那些联合在一起的各种假说。我们都清楚这意味着什么,这事实上差不多也是卡勒在他1983年出版的《论解构》中的想法:与文学理论相比,理论将成为一个代表当代文学产业的更恰当的标签,理论现在是一个可识别的文类,譬如,女性主义解读,将成为"做"理论的主要方式,也是把握这一"文类"实质的主要方式。

20世纪60年代以后的理论包含在理论这一标签之下,而我所说的20世纪60年代以后的理论,就是你在越来越多的被称为"理论课"或"理论导论课"的大学课程中期望了解以及确实了解到的内容。学生实用手册或教材呈爆炸性增长,诸如,拉曼·塞尔登(Raman Selden)的《现代文学理论读者手册》(*A Reader's Guide to Contemporary Literary Theory*,1985,1989)、《实践理论与阅读文学》(*Practising Theory and Reading Literature*,1989),安得烈·班尼特(Andrew Bennett)和尼古拉斯·罗伊尔(Nicholas Royle)的《文学、批评、理论导论:关键概念》(*An Introduction to Literature, Criticism and Theory: Key Critical Concepts*,1995),于连·沃尔夫莱(Julian Wolfreys)的《文学理论:读本与指南》(*Literary Theories: A Reader and Guide*,1999)。这与大量百科全书的面世有关,如:玛卡利克(Irena Makaryk)的大部头《现代文学理论百科:方法、学者、术语》(*Encyclopedia of Contemporary Literary Theory: Approaches, Scholars, Terms*,1993);杰里米·霍索恩(Jeremy Hawthorn)的《当代文学理论术语汇编》(*A Glossary of Contemporary Literary Theory*,1992)。我所谓的20世纪60年代以后的理论,即是你可以在这些书中找到的内容,包括结构主义、女性主义、读者反应、心理分析、解构主义、后结构主义、后现代主义、新历史主义以及后殖民主义,这些也是依次出现在沃尔夫莱的书中每个部分的关注点。按照这条线,20世纪60年代以后的理论大师包括米哈伊尔·巴赫金、沃尔特·本雅明、罗兰·巴特、路易·阿尔都塞、雅克·德里达、保罗·德曼、雅克·拉康、朱丽娅·克里斯蒂娃、露丝·伊利格瑞、米歇尔·福柯,他们都是母语非英语的思想家,大多是讲法语的。正像斯特罗克(John Sturrock)所说,自20世纪60年代,法国的男男女女把这些来自巴黎的圣言灌输给饥渴的以英语为母语的人。³(欢乐的相遇和文化输入的关键性历史时刻可以追溯到1966在约翰·霍普金斯大学召开的那次大会,大会的目的就是把法国结构主义引介到北美学界。其时已出现的是后结构主义,包括非常有影响力的德里达的解构主义观点,认为阅读游戏永远在"阐释的两种解释"中寻求平衡———一方面是疲惫而老旧的对作为真理的意义的逻各斯中心主义的追求;另一方面是对意义的更灵活而新颖的期待,这种观点认为意义难以衡量、难以确定,处于没有尽头的意义的网络或迷宫之中。)⁴

如我们目前所知,亦如学生指南所言,理论显然包含了许多内容,许多许多的内容。太多了,可能会让人觉得,一个概念是容不下这么多内容的;就像卡勒的极简专著《文学理论简介》(*Literary Theory: A Very Short Introduction*),里面确实包含了太多内容。这也是沃尔夫莱更喜欢采用文学理论(Literary Theories)这一表述的原因。"理论"这个具有巨大涵盖性的术语大伞,不仅会因为太过方便而难保其正确性,还会因无益的统一化(unhelpful homogenizing)而导致过分的简单化。

无论多么含蓄,其实文学理论只指明了一个单个的角度,未能涵盖由诸多方面构成或建构而成的内容,这些不同的方面其实有着差别巨大的不同身份。如果把不同身份或客体进行同样的命名，那我们不仅没有尊重这些主体或身份的差别或独特之处，还在某种程度上消弭了我们对这些客体和身份之差异的理解，也导致它们在这一过程中变得不可见了。[5]

这段话说得非常好（与其他敬业的"理论"家一样，沃尔夫莱对任何削弱特定理论立场，如解构主义、女性主义等的力量的倾向感到非常苦恼，以那种同质化倾向为主要代表）。但这种填塞式的标签依然有一定意义。因为"理论"家想方设法，将各种与文学相关的主体、关切、导向、冲动、游说和活动结合在一起，并把它们都塞入"理论"这把大伞之下，他们成功地把角度各异的理论收归到一个屋檐下，说服如此多不同种类的阐释作品摒弃各自的差异，来到同一张会议桌前，汇聚在同一间挂着"理论"标牌的房间里召开研讨会。因此，尽管"理论"家们通常反对所谓的宏大叙事，反对所谓解码所有神话的钥匙，认为其具有迷惑性和帝国主义倾向，但他们却成功地建立了最大的宏大叙事——"理论"——这个有史以来最强大的知识殖民者。他们完成这个计谋的方式违反了普通逻辑，他们竟然把文学的政治性主题和个人主题设想为写作行为的一些对立且相互矛盾的运转方式的绝对构成部分。一边是诸如对自我、阶级、性别和种族的表征，即写作对外界的关切与外向性，以及写作的描述性、纪实性、改革意图及意识形态工具性；另一边却是纯粹的形式性、技术性的语言结构，或一种深刻内向、拒绝入世、充满悖论的写作活动。基础主义与反基础主义，或者说，马克思主义与解构主义，似乎是相对尴尬的组合。然而，"理论"却巧妙地将它们撮合在一起，或者至少让它们在同一个房间中相对和谐地共存。

"理论"海纳百川的奥秘,就藏在索绪尔(Saussure)所著的《通用语言学》可谓万能的资源之中。这本书是索绪尔在日内瓦发表的一系列很有影响力的演讲,面向的对象是一小帮在一战前和一战期间从19世纪语文学出逃的人,这些演讲在作者去世后根据学生的笔记被汇总并发表。索绪尔对文学理论的卓越贡献,以及对之后"理论"引发广泛关注所起的奠基作用,在于他发掘了语言性(linguisticity)的两个方面。其一,他对语言本身的多重定义,激发并滋养出作为内在于语言与文本的表意活动的多种概念;其二,他指向一种社会形态中的新的符号科学——符号学,它将所有人类结构视为与语言类似,并在深层次上都具有文本性。这些就是文学理论语言学转向的基本因素,也是"理论"痴迷于研究语言性的根基。索绪尔的术语和概念就是要令人陶醉,二战后,当索绪尔理论传到西欧和美洲之后,成了文学研究的规范(索绪尔理论在一战后主要盛行于东欧)。

索绪尔所提出的卓越的思想一时风行。他认为,语言应被视为符号系统而不是词汇;这些系统由一系列二元对立,即连在一起的正反组合构成。因此,符号就成了能指(书写或言说实体)和所指(符号在内心引发的意象)的二元对立;语言的时空态,即语言状态,就成了过去和现在的,或共时性(在某个时刻的语言)与历时性(历史中的语言,语言的历史)的二元对立;现存的语言就成了可能使用与事实使用的二元对立(语言是可能使用的语言;言语是使用中的语言)。所有这些成了一种传统的智慧,同"理论"一起放飞了的智慧。索绪尔说,他所提出的二元对立组在语言的实际运用中是不可分割的(的确如此),但他在演讲中选择不去讨论语言的所指、言语与历时性。从这一做法对他的理论热情追随者的影响来看，可以说索绪尔犯了一个错误，因为理论家们很快就开始认为并且宣扬，语言的这些方面是可以忽略、无足轻重的，文学批评不需要关注它们。阅读文学不需要考虑它们，文学没有将这些要素前景化，文学关乎能指，无关所指；关乎非历史，无关历时性；关乎语言，无关言语。这些索绪尔引发的"理论"的形式主义关注点听上去一定有点儿疯狂，但是任何一个不相信这一点的人应当浏览下泰伦斯·霍克斯（Terence Hawkes）所著的那本颇有影响的《结构主义与符号学》(*Structuralism and Semiotics*, 1977)，它是平装版"梅休因新声系列理论丛书"（Methuen New Accents Series of Theory Paperbacks）中的创始卷，可以看出，这些观点在当时的学生听众中是根深蒂固的。这是对索绪尔的无耻毁谤，在误读之路上越来越多的争论又使得这样的毁谤愈演愈烈。他们说，索绪尔说了，符号具有任意性，跟它们所指的东西毫无关联，譬如说，最开始的时候，猫也可以叫狗，这似乎有几分道理；但是很快，所有的语言、书写、意思都被声称是任意的，而非基于现实的，都只不过是语言的幻象。

"能指的任意性"并非索绪尔的措辞，他一直说的是"符号的任意性"，但前者成了20世纪60年代以后的理论所认为的构成文学的语言生命的语码。在索绪尔看来，音素作为词汇的构成性要素，构成了一个差别系统而非参照系统（a 不是 b，也不是 c，等等），这也是正确的；但是很快，所有的语言和文本材料都被认为是差别系统而非参照系统，都是意义内向的无限推延，用那个法语新造词说，也就是，都是镜渊（*mises en abyme*），都在写作中无止息地冲向那个退出表意的黑洞。很快,德里达机敏地与法语词"差异"玩起了文字游戏,并造出新词"延异",以此来说明差别意义的推延情形,以此确立他的能指游戏的观点。而"游戏"这个隐喻又被美国译者错误地补充为能指的"自由表演"(freeplay);这并非德里达的观点,但很快就出现在成百上千的著述里。旧有的修辞术语怀疑表示法 *aporia* 很快被带入这次文字游戏中,用来描述意义的不可把捉;尽管 *aporia* 真正的意思是"死胡同""终点站""理解的困境",但却被用来指代向着语言黑洞的彻底消逝。雅克·拉康很快开始探讨差别和缺乏、意义的缺口(*béance*)——接着所有批评文本中开始充斥着这类东西。

　　当然,正如索绪尔当时所预测的,这些语言—文学的一连串概念可以应用到能指实践所发生的世界,一个符号的世界,一个社会符码的世界。很快,一切都被视为像语言一样结构起来的,而且是索绪尔所认为的那种语言。这便是结构主义所宣扬的观点。人类学家斯特劳斯(Claude Lévi-Strauss)以把人类亲属结构视为索绪尔的二元对立的集合而著名。如在部落故事中所表明的,这些人类学意义上的结构当然都是语言的或者说是语言化的。结构主义人类学逐渐发展,罗兰·巴特已开始扬名,他将法国文化的各类项目(比如摔跤比赛等)解读为语言的各种结构。更为成功的是,他将法国时尚杂志解读为法国时尚产业的文本化系统。但一旦开始,这种分析的潮流就无须停止它的步伐。比如,拉康认为,无意识也拥有语言一样的结构。当然,这个结构像文学理论家所挪用的索绪尔模式下的语言结构:一切皆为能指和推延。拉康提出了自己的"算法"(他本人喜欢几何图形)来顺应否定所指的流行做法。符号应当以 $\frac{S}{s}$ 来标识:大写的能指在上,小写的所指在下,后者总是要根据更重要的能指进行滑动。这种理念很快在"理论"舞台传播开来,文学批评家也乐于谈论这种滑动的能指[例如,参见麦凯比(Colin McCabe)的《詹姆斯·乔伊斯和单词的革命》(1978)一书对乔伊斯作品中这一现象的探讨]。语言学定义其他行业,其他行业反过来要促进文学研究。这是辉煌而又经得起考验的概念的循环,一个难以把捉的浮动传染(sliding contagion)。

类比在阐释的历史中总是令人担心的。"非常像一条鲸鱼",老波洛涅斯(Polonius)[①]说,他是急切地应和哈姆雷特高贵而又充满嘲弄的观点:云朵结构如此美妙,因太高兴而忽略了他已有的想法,即随着云朵形状的改变,把云朵类比为骆驼或鼬鼠。类比就如油滑的顾客和易交而不可靠的朋友,而语言模型包含了所有类比带来的有用而随和的吸引力。但类比却真实地流行起来。在结构主义的阅读实践中,书写被视为建立在音位学或形态学句子模型上,这是受到了俄罗斯形式主义者弗拉基米尔·普洛普(Vladimir Propp)及其著作《民间故事形态学》(*Morphology of the Folktale*,俄文版1928,英文版1958)的影响,而普洛普也是受索绪尔启发。这本书是对俄罗斯民间故事的形态学考察。这样的研究完全符合逻辑,因为文学是由语言构成的,如果文学都没有资格被放置在语言学模型下考察,什么有资格呢?但是,举语言类比的例子也应用于人类语言使用者所创造的一切事物之中。我们很快就断言,一切事物都可以像语句那样被审视和阅读,都可以被视作具有文本性,都可以被当作修辞、话语、故事或是叙事那

[①] 译者注:莎士比亚《哈姆雷特》中的人物。

样的概念。

福柯的分析才华表现在他将"话语"概念拓展到社会构造的全局之中,尤其是他所分析的那部分社会领域之中。在这些社会领域,权力借着对疯狂、疾病、犯罪、性反常的定义,制造出了社会和个人宰制、边缘性、属下性。福柯认为,不同阶段的专制主义者的安排(arrangements)以不同的"话语"或认识论安排为特征。也就是说,这些结构与语言或类似语言那样的东西很像(尽管可能不是总是很像),因此是可以被阐释和理解的。[6] 福柯继承下来的法国左派观点——所有法国主流的理论家,如他们自己所言,基本上都是倾向于马克思主义的——使其有了新的力量。这一观点认为,压迫性权威的凝视被组织起来,形成了对被压迫的他者(监狱里的犯人、疯子、学龄儿童、病人、同性恋者)的标注,如此一来,关于阶级和经济压迫的旧观点得到了强有力的更新。这里的凝视就是拉康心理学凝视的政治化版本,而他者就是拉康谓之的他者性的政治化,这与索绪尔及德里达对差异性的探讨也有关联,"权力"因此成了十分常见的批评概念。就这样,在福柯的《规训与惩罚》(法文版1975,英文版1977)对19世纪监狱全景进行历史性的讽喻之后,全景凝视性的压迫之说开始无处不在。[聪慧的小说家安吉拉·卡特(Angela Carter)甚至在小说《马戏团之夜》(*Nights at the Circus*)里的俄国部分放入了一座全景监狱。]这种对被压制的他者、他者性和社会差异性的观念性支持,与被流放的俄国形式主义学家巴赫金在《拉伯雷与他的世界》(*Rabelais and His World*, 1968)中对狂欢理论的分析关系密切,这个观点随后又落入了德里达的文本性就是游戏这一观点的怀抱之中。福柯的作品不仅具有这种勾画类比的力量,还能生动地反哺产生了这种类比的政治化分析（比如狂欢节）。这样，从沃斯通克拉夫特（Mary Wollstonecraft）到伍尔夫（Virginia Woolf），这些作家所定义的传统文学批评中的女性主义，经过福柯权力话语之修辞的武装，得以呈现出新的生机。这些极具分析力的主义作为"理论"的主流仍伴随着我们，都受到福柯影响深远的概念的强行喂养。比如：后殖民主义，最初是由马克思主义引发的对帝国主义展开的愤怒的调查；后殖民主义研究的姊妹黑人研究，是由奴隶制的漫长影响而引发的愤怒的分析，尤其是在美国；由传统的马克思主义者群体所启迪的新历史主义，这个群体的成员在解构主义之后努力为他们的文学—文化历史学家的诉求寻找合法地位；以及所谓的文化唯物主义，出自一度很纯粹的英国马克思主义者之手，由英国剑桥学派的著作提出，该学派以雷蒙德·威廉斯（Raymond Williams）和 F. R. 利维斯（F. R. Levis）为轴心，后继者有特里·伊格尔顿（Terry Eagleton）、艾伦·辛菲尔德（Alan Sinfield）和乔纳森·多利摩（Jonathan Dollimore）[7]；当然还有酷儿研究，完全是继承福柯性史研究。如果说性别、种族和阶级成为主导文学批评和文化研究的三位一体——美国国家学者学会认为这样的三位一体并不神圣——那么正是福柯的作品把三者融为一体（当然重点在性别和种族，尤其在美国，马克思主义从来没有被允许在那里生根过，而按英国和欧洲标准，阶级意识和阶级修辞都被深深地混淆了，甚至成了禁忌）。

由于其可涵盖的内容惊人，可转化性似乎永无止境，加上概念的松散性，语言学—文本转向成功地成为一系列的流行隐喻或秘诀。盖茨（Henry Louis Gates）是美国黑人研究最为有趣的黑人代言人，在谈到这些我们作为读者不可避免地带入阅读中去的文学理论（我们总是把各类理论毫不理智地杂糅到一起）时，他认为"实际上是批评界的乱炖"。[8] 乱炖（*gumbo*）是来自安格鲁语中的 *kingombo* 一词：在路易斯安那州，它指的是卡津人和克里奥尔人把肉、鱼、大米、秋葵炖到一起的一种菜；也指路易斯安那州黑人和克里奥尔人所说的杂糅了法语的方言；同时也指一种混合了各种声音与风格的卡津人音乐。就像米查姆（Howard Mitcham）曾经说的那样，乱炖是新奥尔良和爵士乐的精髓所在：

> 一种神秘性……就像爵士和蓝调，充满巫术咒语的感觉……口感不错……一餐一道菜……营养多汁且果腹感强……绝对吃得饱饱的……即兴的东西……你只要随便带上手头有的乐调飞起来就可以旅行了。加上些蓝调音符，第五音阶降半音，杂音，加上滑奏，最终结果总是令人满意的。克里奥尔人用几个鸡翅、一个火鸡骨架、一根香肠或几只虾和蟹棒，就能做出一道乱炖。有海鲜乱炖、鸡肉乱炖、野鸭松鼠乱炖、肉和香肠乱炖、秋葵费里粉乱炖，甚至有叫作"药草"的蔬菜乱炖，里头用了七种乱炖材料混合而成。[9]

很显然，乱炖是一种可爱、多义而美味的混合体（也是奴隶制与后殖民的产物），最适合用来描述盖茨眼中美国的文化杂烩（*olla podrida*）现象。盖茨无疑把乱炖比作了古罗马的 *satura lanx*，后者是一整盘的甜酸味道的各种食材，如五香碎肉、肉馅、填充料、香肠碎肉，盖茨称之为"美式杂碎",这个词还是"反讽"(satire)一词的词源,这一词源可以解释这一体裁的丰富混杂性。[10]乱炖很好地捕捉到了我们这一文本化时代里"理论"无所不包的特性。正是在这里,如此这般——基本不含滑稽或反讽的意思,虽然也有点儿滑稽和反讽——出现了这一切,可能的一切。这就解释了为何"理论"能老到、灵活地传播到如此多的人文学科领域,包括地理(地表就是一个文本,文本的概念可以扩展到城市、天气系统等)[11]、历史(历史编纂就是写作,由此历史就应当理论化为叙事、故事和修辞,都是隐喻性的,历史书写者就应当接受性别、种族和阶级三方面的考察)[12]、音乐(受到种族、阶级和性别视角的审查,尤其是性别角度,降了半音的第三音阶代表同性恋倾向吗?当然是这样的)[13]、神学(犹大—基督教上帝及《圣经》,所有都很容易解构并易于叙述;在最开始《创世记》部分就可以解构出父权体系和逻各斯中心主义)[14]、艺术史(所有文本)[15]、建筑理论和实践[所有文本,以及李博斯金(Daniel Libeskind)对建筑的解构]、法律(更多文本,所有都是解构和阐释的行为)[16]、医药(毕竟身体本身就是一个文本)[17]等。"理论"的乱炖效应解释了为何文化研究,即对任何"文化"事物的研究,可以自圆其说。简而言之,任何事物只要可以被当作文本,被想象成想象的、叙述的、像语言一样建构起来的东西,都"可加以解读",现在也正在被"解读"。

真要为《社会文本》的期刊编辑们感到难过,他们完全被阿兰·索卡尔(Alan Sokal)题为"跨越界线:走向一种量子力学重力理论的转换诠释学"的捉弄性文章所欺骗,这篇文章确实是"一大碗'理论'乱炖"。但是索卡尔进一步涉及量子数学,带来了在"理论"上似乎正确的反基础主义和反霸权主义的噪声。"最近,女性主义和后结构主义批判揭开了主流西方科学实践真实内容的神秘面纱,展示了隐藏在'客观性'背后的主流意识形态。"物理学上有不少设想:"存在一个外部的世界,其属性独立于任何人类的个体和整体;这些属性被编码在永恒的物理定律中;通过遵守'客观的'程序和所谓的科学方法规定认识法则,人类能获得可靠却不完美的暂时性的法则知识。"索卡尔东拉西扯,很高兴地指出,这些设想不过是另一套后启蒙运动的教条,将会被来自文学文化领域那些达到了标准的"理论"破坏掉。[18]为什么不呢?毕竟,期刊《社会文本》的编辑很久之前就认定了"理论"视野的普适性。如果地理学、音乐、神学以及其他领域都已经屈服于"理论",数学就不可以吗?显然,对于"理论"家和"理论"而言,所有的人类说教,还包括非人类的行为,在某种程度上,都被类比行为搞糟,而且欣然如此。所有这些行为都"像语言一样被建构"。语言当然会被以怀疑的眼光来审视。

"理论"被普遍地认为对所有人来说差不多就是一切,因此它可以给不同性别、种族和阶级的来自不同背景的人提供他们想要的东西,可以作为所有文本情境、适用于所有季节的分析手段,那些对某种"理论"批评视角之必要性的宣称,容易被消解为偶然性,消解为在特定阅读情境中什么是有用与便利的问题。便利显然是"理论"成功的关键。理论打开了文本的大门;如果没有其他,这就是关键了。各种各样的学生指导手册大多靠的就是这种"试一下就知道了"的方法。无论你是不是女性,你都可以试一下"从女性的视角来阅读",然后你或许会尝试马克思主义的阅读方法,或是这一周你用新历史主义的方法给我写了一篇文章,而再下周你可能会看到一篇令人振奋的拉康化的文章。道格拉斯·塔拉克(Douglas Tallack)的《应用中的文学理论》(*Literary Theory at Work*,1989)一书非常好地体现了这种"理论"实用主义,或称投机主义。在这本书中,诺丁汉大学理论组采用了各种方法,包括叙事学的方法、政治学的方法、解构的方法、心理分析的方法等,对康拉德的《黑暗的心》(*Heart of Darkness*)、亨利·詹姆斯的《在笼中》(*In the Cage*)和 D. H. 劳伦斯的《圣马尔》(*St Mawr*)三个文本加以解读。每个解读或多或少都很牵强。[19]

  拉曼·塞尔登在《理论实践与文学阅读导论》(*Practising Theory and Reading Literature: An Introduction*)的前言中问道:"哪一个'理论'?"他想要表达的是,阅读时,对于你我而言哪一个"理论"是恰切的,答案是"实际上各种理论都适合"。"也许最好的说法是,'百花齐放',要使丰富的'理论'资源得以像丰饶角(cornucopia)一样被津津有味地享受和品尝。"或者在空闲时,按照自己的喜好,品味你的乱炖。塞尔登说,他否认"市场经济"的方法,但那正是他对待多元化"理论"的方法:商店到处都是,自便,选好了混合起来就行(当然,不要选种族主义的、男性沙文主义的、法西斯主义和上流阶层的那些方法)。对分析者而言,这种自由主义正是后现代性的本质。20 世纪 60 年代以后的理论支持多义性、多元文化主义,怀疑经典、评估,实际上就是怀疑真理的标准,所以从一开始就带有自由主义的特点。这种"理论"兼收并蓄,自然会惹恼一些纯粹主义者(他们在 20 世纪 60 年代以后的理论家中还得以幸存)。这些"理论"从各个方面抢城掠地,但它们开始的时候往往呈现为各种僵硬的分析,深陷在意识形态资源的细枝末节中不能自拔。索绪尔、弗洛伊德、拉康、德里达以及所有先知部落的人说，什么什么是语言和自我的本来面目，什么什么就是书写和文本的真实状况。很多20世纪60年代以后的理论家，那些真正虔诚的支持者和思想家，认为应当或必须从解构主义者、女性、女同性恋者、奴隶解放者的角度进行阅读，因为如果不这么做，就不符合事物的本质，不符合语言的本质，就是对历史和压迫反应迟钝，视而不见。也只有如此，批评才能不辜负批评这个名字的应有之义。

让沃尔夫莱担心的是，各类手册和大学人文课程体现出来的20世纪60年代以后的理论的"驯化倾向"（domestication），这很好地说明了这些"理论"家希望"理论"保持一种批评的激进主义。沃尔夫莱解释道，"理论"课程表现得就像狂犬病疫苗，起到了一种隔离的效果，是一种通过错误的拉平与均质化来实现"控制"的有效形式。这些课程就像是对"理论"的游览（"第六个教学周一定是女性主义"[20]）。但沃尔夫莱自己的书也加入了支援这种游览效果的指南的行列，它支持把"理论"看作自助柜台，保持了理查德·罗蒂（Richard Rorty）令人愉快的实用主义，对罗蒂而言，所有关于阅读的硬性规则都是误导（"'理论'若被定义为'通过一种对阐释的一般性描述来试图控制对特定文本的阐释'的话，就必须被消除"）。[21]

这些老布尔什维克，正如我们可能给他们的称呼，是真正的"理论"信仰者。他们称赞他们所相信的东西是语言学转向的绝对革命性力量。不仅仅是法国的"理论"家，许多欧洲"理论"家，一些北美和南美的理论家，确实是旧左翼出身的，他们坚持一个基本的理念：文学批评阐释的事实如非革命性的，就是毫无价值的，文学批评阐释是扭转局势的终极力量。他们认为,谈论固有批评趋势的绝对损失,谈论旧理论的被破坏及被新理论的彻底取代,即一种"传统文学研究心智的破裂",一种"真正的断裂",与"浪漫主义遗产"等的断裂,谈论这些内容轻而易举且有必要。(我这里采用的"断裂"等术语,在塞尔登的《理论实践与文学阅读导论》中俯拾皆是。)凯瑟琳·贝尔西(Catherine Belsey)的《批评实践》(*Critical Practice*,1980)中提醒我们,弗洛伊德认为,他对自我观念的革新是一场哥白尼式的革命,拉康也同意这种观点。贝尔西在著作的最后一部分指出,真正具有哥白尼式革命意义的,是拉康对弗洛伊德自我去中心化的索绪尔式延续。这些革命的愿景就是20世纪60年代以后的理论家的特征。但实际上,这些"理论"中没有什么内容被证实具有革命性,所有的一切都似乎是换汤不换药,就像T.S.艾略特在1930年写的皈依诗《灰色星期三》中的一次又一次的返回。

从许多方面来看,都只存在一部文学理论史(明智的研究者越来越意识到这一点),这一点在查德威克·希利(Chadwyk Healey)2001年的文学理论数据库中也得以证实,这一数据库追溯了从柏拉图到目前,或从亚里士多德到德里达的理论和文学批评。20世纪60年代以后的理论所包含的每一方面都必然是自诗学肇始,这是自古希腊罗马时代开始谈论美学以来,文学理论就一直予以关注的焦点,这些理论或许只是关注其中某个领域,或者同时关注多个领域。对应语言交流的基本模型的三个组成部分,理论也只有三个可知的、可以思索的领域,总是会有,且只有三个部分:信息发出者、信息和信息接收者,分别对应作者、文本和读者,或分别对应书写的行为、书写的内容和对书写内容的阅读,或分别对应文学输入、存在的文学客体和关注存在的文学客体的读者。你也可以将其描述为起因、结果和影响。只有三个要素,但这三个要素是力大无穷的。批评的整个历史,理论化的整个历史,历来都是对这三个要素的不同程度的关注。只有这三个要素能够定义文学理论化的范围和本质。正是在不同时间对它们的处理,对它们的不同的强调和定义,定义了历史,就像历史定义了理论化的政治。

过去流行的批评很少同时强调这三大要素。我们注意到,批评总是选择三者中的部分因素。20世纪60年代以后的理论中三个因素同时出现,这是与以往理论化不同的地方:它标志着"理论"乱炖希望容纳全部意义的贪婪。但是无论我们在一个特定历史时刻理论化过程中是部分还是全面细思,这三个要素从始至终,从理论创世到现代"理论"灾难(用《芬尼根守灵夜》中有趣的词就是从 guinesses 到 apolkaloops),是不变的,尽管它们可以有替换,可以被重新定义,可以被重新赋予功能,可以被构思和重组,可以改变和返回。

正如过去2500年文学理论地图所展现的那样,所有理论仅是在关注点和侧重点上进行暂时的改变。柏拉图注重诗歌表达的内容、它的虚假性,以及它给读者带来的道德上的消极影响。作家在柏拉图的《理想国》中只是因为不道德行径而将要被驱逐的腐败之人。亚里士多德关注的是文本的形式和本质(他在《诗学》中说,悲剧就是对行为的模仿,它有开头、中间和结尾,主题受到时空统一性的约束,等等),他对于文学对观众产生的情感和伦理效果,他们从文学作品得到的宣泄(katharsis)甚感兴趣。他对作者和书写行为方面有间接涉及,但几乎没有直接论述过。贺拉斯更关心的是文学对于读者与听众的作用，文本的寓教于乐(*utile and dulce*)，即以娱乐的方式予以道德的教诲。朗基努斯也强调了文学的影响：提升和崇高。文艺复兴重新发现这些理论家时，便对这几点做了着重强调。菲利普·锡德尼在《诗辩》中以抒情而热烈的笔调讨论了诗歌的内容和效果（诗人撒谎吗？不撒谎，因为他们"从不断言任何事情"；诗歌甜美的宣泄式净化就是"樱桃的药用"；情感效果带来的道德影响尤其对男性、暴君、士兵、骑士等有益）。但锡德尼，受益于他古典文学的根基，对作家和书写行为则没太关注。与锡德尼非常不同的是，斯宾塞因为想要完成一部民族史诗而感到焦虑，这种焦虑与这位诗人对语言素材的掌握相关，也与他的新教民族主义带给读者的道德和政治影响相关，《仙后》是一次伟大的语言实验（灵感来自布瓦洛以及法国七星诗社运动发展起来的对诗歌语言的改革）。[22]

新古典主义者最为热衷的是把关于观众和为了观众的作品进行理论化。约翰·德莱顿认为，诗歌能够定义一个民族：莎士比亚是民族诗歌的核心；英国创造的悲喜剧，使得法国作家尤其是法国批评家站在英国人的角度；作为民族诗人，莎士比亚的巨大成就可以与同时代的军事胜利相类比。比如，英国海军击败荷兰，其炮火声在英吉利海峡都能听到；这与德莱顿的理论家聚在一起召开戏剧诗歌批评研讨会一样意义重大。[23]约翰逊因对作品之道德影响的宗教般狂热而闻名。他的批评，正如同时代的德莱顿、斯威夫特和蒲柏的一样，都是一种伟大的文学讽刺家的作品；约翰逊的作品和他们的作品一样，都关乎这位讽刺家的道德与政治改良主义的意图。约翰逊对道德的关注因他对文本卓越而强烈的情感投入而得到助力。他的理论就是要做一个极其具有情感的读者。阅读弥尔顿的《失乐园》时,他无法忍受人类堕落这一节,因为有关罪的产生与纯真的丧失的犹太—基督教故事太过令人悲哀,以致无法让人细想凝思;葛罗斯特的致盲和考狄利娅的死亡使《李尔王》实在难以让人忍受。[24] 约翰逊强调阅读结果的理论完全是受到阅读带来的个人情绪的激发。他同时是一名编辑(处在一个编辑的伟大时代;那个时代的核心就是努力理解和建立莎士比亚的文本世界)。他还是一名词典编纂者,处在一个词典编纂者的伟大时代,所以他在对文本的关注上,对认识论问题和方言的语义问题有着前所未有的敏锐。[25]《诗人传》(Lives of the Poets, 1783)使约翰逊成了理论批评家,开启了真正意义上的用英语书写文学传记的滥觞。英国批评第一次把作家、文学作品生产者的写作生活等作为写作产品中的一个因素来严肃对待。自然地,约翰逊的崇拜者詹姆斯·鲍斯韦尔(James Boswell)的《约翰逊的一生》(1791)首次延伸了作家的生活——这种模式带来了数以千计的效仿者。

　　传记当然是一种伟大的浪漫主义模式。约翰逊和鲍斯韦尔也从古典主义者变成了浪漫主义者。具有典型意义的例子是,在布莱克看来,弥尔顿的重要性在于他作为诗中人而存在。对于浪漫主义者而言,具有重要价值的文学轴心就是诗歌中的人与诗歌之读者之间的契约和沟通。华兹华斯的《抒情歌谣集》(Lyrical Ballads, 1800)第二版的伟大前言就是关于诗人如何从自然界的情感体验中获得灵感,在诗行中加以重现,并传递给读者。作者的崇高促成了读者的崇高。一种对浪漫主义的传统评价极为苛刻,这种观点认为,相较于在精神引导下具体写了什么内容,浪漫主义者更看重被启发的事实(诗人就如科勒律治的爱奥尼亚竖琴或雪莱的微燃的煤炭,因受到强烈的灵感之风的吹拂,产生了诗歌音乐和诗歌之火)。这也就是说,让文本自我完善,或更为重要的一点就是,让文本自我理论化,这一点在如今的文学创作中仍在继续。这并不意味着叶芝(相信精神指引和自动写作)或劳伦斯(急切地走进开拓进取的祖先所创造的激昂传统)不会偶尔对他们的作品进行认真的修正。尽管,(这还是传统智慧)浪漫派诗人通常胡乱修补最初灵感带来的创作,以至于给文本带来破坏,但像柯勒律治或劳伦斯这样的诗人,当精神的引导在徘徊时,他们似乎仍然无法停止写作和言说;当精神的引导离开之后,他们立即停下来(想想柯勒律治的《忽必烈汗》);他们更愿意全部重写而不是进行修改(劳伦斯在写《查泰莱夫人的情人》和《迷失的少女》时几易其稿就是最好的例子)。

但理论状态总是对"三大因素"的某一点一直强调和关注而不是完全忽略,批评视野和理论的发展依旧坚持这一三维的视角。过去和现在皆是如此。19世纪伟大的批评家托马斯·卡莱尔就浸淫在文本性之中(他的作品《旧衣新裁》对文本性的痴狂与《项狄传》或该书的后现代崇拜者所推崇的东西一样),同时他也是一名后浪漫主义文学传记作家,热切推动诗人成为时代的英雄。阿诺德也对作者感兴趣,大量谈论文本,但是像许多维多利亚时代的人一样,他的关注点是诗歌的道德与社会效果。对阿诺德而言,诗歌就是一种文化适应机制,具有教育和社会化的功能。总之,诗歌可以慰藉和教导读者,这一功能曾由基督教承担,现在宗教受到挑战,诗歌成为发挥这一功能的世俗替代物。但理论重点已从浪漫主义对诗人作为核心的强调转移，转向读者、语境和世界，更加关注个人以及社会的构建，着重于提升或（用更古老的基督教术语来说）教化。乔治·艾略特是如此，马克思和那些伟大的维多利亚时代幸存者或受灵感启发者，如 T. S. 艾略特和 F. R. 利维斯，也是如此。

其他 19 世纪以来的研究者只是做出一些反应或重置了一下重点，而不是提出自己的主张。索绪尔在他的《普通语言学教程》中开宗明义长篇论及语言性正是为了反对 19 世纪对语文学、历史中的语言、外在世界中的语言的关注（他毕竟是一名梵文教授）。我们甚至认为索绪尔把握了 19 世纪末期的精神实质，即远离现实主义而倾向于象征主义、审美主义、形式主义、意象主义以及燃烧着如宝石般未被世界沾染的猛烈火焰的文本。受索绪尔影响的俄国形式主义者也浸淫在同样的反叛精神之中，这就是形式主义很快与苏联新体制冲突的原因，后者更看重 19 世纪理论家对作品和读者所处语境之动态关系的关注，看重他们将这一动态关系看作所有审美作品的源泉，以此对现代主义者的反叛做出回击，正如有人说的，这才是真正的反叛。毕竟，马克思主义美学的奠基者马克思和恩格斯，毫无疑问是典型的维多利亚时代的学者。形式主义者和政治主义者之间的争执成为 20 世纪理论战争中反复出现的导火索。实用批评的创始人 I. A. 理查兹，以及他的思想子嗣芝加哥新批评学派学者，强烈反对阅读的政治化和神学化，这种现象发生在 20 世纪 20—30 年代，与苏联教条至上主义和/或法西斯主义，以及基督教反对者有千丝万缕的关系。对于新批评者而言，对词语的崇拜是其唯一内容，而文本被视为独立自存的"精致的瓮",其他批评者的关注和强调则作为异端邪说被排除在外。

结构主义,然后就是解构,都是源于索绪尔的形式主义,其理论支撑则来自同时代的弗洛伊德对"梦的文本"中叙事和修辞结构的着重强调。弗洛伊德确实考虑了病人以及他们的医治方法,对生成梦文本的真我的解析能够带来真正的疗法。可以说,拉康也是如此。但当弗洛伊德的作品仅仅被当成用来透视文本的一组线索(弗洛伊德的问题"在于"俄狄浦斯情结),拉康对文学理论的最大贡献也仅局限于文本前沿(滑动的能指、文本的缺口等),这并没有阻止他利用"他者"话语为那些政治化批评家助力。在政治化批评家的诉求之下,索绪尔差异得以呈现出政治的锋芒。福柯是新历史主义和其他流派伟大的启迪者,乐于利用这些源于形式主义的观点来复兴马克思主义的观点。这又把我们带回到理论的乱炖,同时印证了一个观点:理论修正比理论革命更为常见。

批评总是以新意自居,批评家也力求创新,显然不只有作家想要(如艾兹拉·庞德所言)"创新"(make it new)。但是批评从来都没有新鲜过。我们正在应对的世界总是有失有得,三大因素来来往往,一次又一次,成为一个不断反应、重新复活、重新阅读、重新定位和修订校对的过程。亚里士多德颠覆了柏拉图,锡德尼接纳了由亚里士多德理论工具武装起来的同时代清教徒,形式主义者和现实主义者互不接受,拉康重读弗洛伊德,阿尔都塞重读马克思,利维斯与新批评开战,新批评家则与马克思主义者争论,德里达抛弃马克思主义同时却被福柯否定,德里达重新改造自我、历史和"在场",而解构主义的拥趸认为德里达并不支持这些概念,福柯再次拥抱这些概念。收缩又舒张,消失又重现,诸如此类。

　　修正主义总是带有怀旧之情。比如,苏联社会主义现实主义想要一种简单的19世纪现实主义来取代疯狂蔓延的现代主义和形式主义。而我们的现代"理论",远超以前任何一套理论概念和实践,在反对者中激发了恢复某早期理论的欲望。反对者希望回到多元文化主义[又称作 multi-culti,其中隐含 cult(崇拜)这一贬低意味]扰乱早期的语言和性情(一种美化的种族主义)的同质化之前,回到解构(在解构的贬低者听来,解构就是对韵律的毁灭)之前,回到"抱怨的文化"(如称谓所示,流行唇枪舌剑,女权主义者和黑人研究的学生大声喧哗)之前,认为那是理论和文化上纯洁的神秘时期。但是我们回到人类理论纯洁无瑕的时代几无可能,因为它根本就不存在,如"理论"反对者宣称的理论世外桃源根本不存在。对"理论"过分的忧虑总以某种形式存在,时常默然无声,它常常忧虑不同的内容,但依然存在。我们可以说,理论总是处在陷落的趋势之中。近期"理论"使一些人担忧,使另一些人兴奋的,绝不是它的创新之处,而是其强烈的革新。

　　一定存在着强烈的革新。"理论"重读就是要重读。原先新批评的形式主义化被强有力地还原为结构主义。新批评的"传记谬论"在巴特作者已死论中更极端地重现了。俄国形式主义真正注入解构,但气势更甚。旧历史主义转入新历史主义,但它是一种对历史充满了严重怀疑的历史主义。现在有,将来也一定会存在修正"理论"的推动力。批评政治化的加强在某种程度上就是对解构主义坚持反基础主义的反驳。曾被嘲笑的人文主义以人类学转向的方式重新来临。[26]尤其在英格兰,随着巴特宣布作者已死,文学传记作为一种批评活动被加强了。对体裁类型的反思复苏。情感再次走在理论前沿。[27]如同柯勒律治、阿诺德、T. S.艾略特、利维斯的研究在回归,约翰逊倡导的宗教道德准则也在回归之中,就像种族和性别研究以及阶级研究罹患的旧感冒。

真正欺骗了那些感到震惊的人以及那些被"理论"困扰的人的是,这些回归者,不管是受到欢迎抑或鄙视,归来时从不会戴着和离开时完全相同的帽子。雷蒙德·威廉斯在对弥尔顿的《论出版自由》(Areopagitica)中一个引起争议的主张表达共鸣时,也曾有一个非常著名的断言:"新长老"不过是"夸大了的旧牧师";新结构主义不过是夸大了的旧新批评主义。他说得对,但也不完全如此。理论回归同时总会受到过去的沾染。阿尔都塞是经受了索绪尔式绞拧的马克思。拉康将弗洛伊德急剧地索绪尔化了。新历史主义绝不是旧历史主义的重复。但是,历史化不可避免受到文本性至上的历史干预,这就造成了它的创始权威格林布拉特(Stephen Greenblatt)的情况,尽管勉强称得上是马克思主义者,实际上他关于写作的历史性输入与历史性输出的阐释模式让他的这个身份大打折扣,因为他更关注文本与文本之间的输入,以及文本作为文本的输出,即他更关注"一种文本之间的循环",不关心人、事、物如何进入文本,以及文本又如何走进人、事、物。20世纪的社会主义现实主义与19世纪的社会现实主义相比,内涵更狭窄也更具有排他性。作者已死的观念远比传记谬论(Biographical Fallacy)更具有杀伤力。传记谬论从未臆断作者死亡,并认为作为评论家不应讨论这个层面。当新的传记流行时,它会被新的性别问题所侵染,把诠释学的话题提到突出位置,并把一切都归于"理论",以"理论"提供的超文本方式表达对故事权威性的质疑。阿克罗伊德(Peter Ackroyd)的作品《狄更斯》的自我反观和精巧的反传记文学理查德·霍姆斯(Richard Holmes)的《约翰逊博士和萨维奇先生》(*Dr Johnson and Mr Savage*),都是后"理论"传记时代的经典。[28]当读者情感作为一个批评问题回归视野,该问题一般会涉及关于"亚里士多德式宣泄"的讨论,也会思考旁征博引了各类文本的约翰逊式作品集,不过,这一问题在一些早期的情境中已经有所反映,譬如,20世纪20年代剑桥学派的 I. A. 理查兹拒绝将情感反应视作价值标准,沃尔夫冈·伊瑟尔对读者反应感兴趣,从性别、种族、阶级角度争辩何为正典时非常看重情感问题。"理论"的回归不可避免地愈演愈烈。

尽管如此,文学理论的构建总是包含重写的过程。在最新的理论书籍中总是留有前人的遗迹。"理论"留给人的记忆和影响总是要强于"理论"创新想要达成的期待。当下的"理论"风潮同时也是当下的考古学和古文字学。"理论"发展的档案永恒开放。伴随着传播媒介的发展,我们从纸质手稿到印刷再到信息技术,但我仍然是用钢笔和铅笔开始写作此书。我有时乘飞机,有时开汽车,有时骑自行车,有时步行。虽然协和式飞机从头顶呼啸而过,运河里的驳船来回穿梭,火车也日夜忙个不停,但正如拉金在诗歌《降灵节婚礼》中所说,总是有人"在跑步去体育馆"。

在否认"理论"的绝对创新性时,我设法进行公允的评价而不是简单的诋毁。诚然,如果德里达和福柯是20世纪60年代以后的理论中的协和式飞机,我们的"理论"乱炖是喷气式飞机,就很容易相信"理论"的翻来覆去所引发的兴奋。事实上,理论确有益处,各种益处。

4
理论的益处

> 然而我们并不怀疑,在这无边无际的谈话之中,在这语言的洪流与泡沫之中,在这喧哗、俗语与琐谈之中,蕴藏着某种巨大的激情……我们应该满心欢喜地见证这种躁动不安,挣脱我们自己时代思想和视界的束缚,将所有可用的拿来,将所有无用的摒弃,最重要的是要意识到,对那些竭力表达自己见解的人,我们必须以仁慈相待。
>
> ——弗吉尼亚·伍尔夫,《图书馆时光》

"理论"的不断回归的确已经不断地增加了批评的价值。毫无疑问,二战以来,"理论"的不断回归带来了文学研究的复兴。那些20世纪60年代还是学生的人,包括我在内,都记得当时确立的新批评所带来的沉闷习气,它将阅读扼杀在它一往情深而又令人窒息的怀抱里,它让我们悲哀地认为,文学批评的未来仅仅是穷其一生的阅读和写作,或者在《阐释者》①上偶尔发表一些语句的阐释,仅此而已。我还记得,当时马克思主义和F. R.利维斯的混合体的出现,具体说来就是雷蒙德·威廉斯的出现,给我们带来了不少宽慰。20世纪60年代末,语言学大转向的到来,带来更加令人欢欣的转机,特别是它可以犹如一锅文本乱炖,将大勺大勺的政治写作和道德说教搅拌进去。记得当我初次听说罗兰·巴特这个人物,打开他的《零度写作》时,那感觉如同以前初次接触到贝克特的《瓦特》,心潮澎湃的我,就如同济慈在诗中描绘的初读查普曼所译的荷马史诗时的自己。

在20世纪60年代以后的理论的影响下,阅读在许多方面都表现得更为生机勃发,文本被赋予了新的价值和意义,以更生动的方式展现出来,如此丰富多彩,又如此深邃厚重。约翰·班扬认为投机先生(Mr. Facing-Both-Ways)是危险的,会误入小径草地(Bypath Meadow),而这对于基督徒是危险的诱惑,因为真正的朝圣者会目不斜视、心无旁骛地朝着天国的方向行进。班扬自己当然就是这样一个令人敬仰的恪守《圣经》宝典的人。但"理论"的宗旨却是丰富阅读历程,鼓励读者去追寻潜藏于阅读中的种种可能,去品尝乱炖中的种种美味。如今我们都是投机先生。阅读变得厚重了,这既表现在英语语言和文学学科下的人们需要阅读的书目,也表现在"理论"启发下读者可以采用的种种批评态度。关于读什么和如何读的经典并非诗人约翰·阿什贝利曾所说的那样在"衰落",而是在急剧增多。

解构的一大益处在于使读者突然对于简单的意义感到不安,却能

---

① 译者注:《阐释者》(The Explicator),国际著名期刊。

轻松地看待复调、多样性、谜语以及到处溢落的意义。阅读仅仅是为了享受文本游戏——能指的游戏(游戏,而不是即兴,那是个具有误导性的错译),即德里达在他的"关于诠释的两种诠释"的讲座上提出的观点,仅仅是为了一种纯粹的快乐而在阐释学的公园里踢着球到处跑,这种观点使文学批评如释重负。一种能够将趣味十足的《项狄传》,及其项狄式的后现代主义后代从约翰逊—利维斯联盟倡导的黑暗外围中("没有什么奇怪的事物能够长久存在,《项狄传》就没能流传"——约翰逊博士)解放出来的批评理论显然是有益的。[1] 对于文本表面意思的怀疑,不仅使很多读者变得更加果敢,也使他们更加精明。传统的观念认为,读完一首诗或一本小说的时候,你将会或多或少地"找到出路"(亨利·詹姆斯的漂亮隐喻)——或是被福佑,或是被启迪,被净化,总之非常明确地知道自己在知识或者经验上有了哪些收获,合起书扉或者剧终散场时的心情,就像弥尔顿的《力士参孙》的末尾一样经典,"汲取真正的经验/在这个崭新的伟大事件中/……带回平安和慰藉/与愁云消散后的内心的宁静"——这样的观点即使还没有被真正否定,也受到了强烈的冲击和挑战。从亚里士多德到弗洛伊德以来的批评家们进行了长达几个世纪的争论,争论关于严肃艺术导致的令人愉悦的痛苦(pleasurable pain)这个悖论(这也是安东尼·纳托尔在1996年的《为什么悲剧带来愉悦?》一书中巧妙概括的问题)。但是那种认为最终的愉悦感应包含一种由于完全理解了一首诗或者什么的真正意义而产生的心满意足,则是一条过于牵强的快感原则了。解构主义极力主张的"怀疑解释学"反而更加符合严肃经典文学的可重释性——只需想想对于《圣经》、维吉尔、但丁和莎士比亚等作家作品的不断重读,想想《哈姆雷特》在不断产生新的意义的同时好像又在不断隐藏意义——正如剧中的主人公一样,保留着那份诠释者们想要努力"探出"(pluck out)的"秘密"(《哈姆雷特》第三幕第二场第354行)。怀疑表示法,这个被解构主义不断探究发掘的热门修辞手法,几个世纪以来已经为人熟知,用来形容对意义的追寻似乎被困在充满各种可能性的迷宫里,深陷在不确定性中,面对几种意义分叉的小径,身处某个死胡同里,又或是跌入文本的无底深渊,卡在文本编织袋底部的孔洞里(不要和 J. R. R. 托尔金笔下的霍比特人住的袋底洞搞混)的状态。约翰·史密斯(John Smith)在 1657 年的《解密修辞学》(*The Mysteries of Rhetorique Unveil'd*)一书中如此定义"怀疑表示法":"'怀疑表示法'是一种修辞,说话者可以用它来表达疑虑,表达在一堆千头万绪中不知如何开始,或者面对一些奇怪或者含混的事情不知道该做什么说什么。"乔治·普登汉姆(George Puttenham)是将希腊语和拉丁语中的修辞术语翻译成英文的伟大译者,在他 1589 年出版的《英国诗歌艺术》(*Arte of English Poesie*)(他说,此书面向女人,未学习过古语的人)一书中,他将"怀疑表示法"注释为"疑惑的事物"。所以解构主义所强调的将疑惑作为阅读带来的正常结果,复原了一种古老的挫败感,它出现在阅读文本之前(或之后),并且已经被先人们充分探讨过。的确,特别常见的是,读者与文本进行了持久而艰苦的对决,却依然不得要领,读者偶尔会将自己的百思不得其解归咎于文本;无独有偶,许多作者坦言他们竭尽全力也无法将自己想要表达的东西表达清楚。〔当爱丽丝·默多克(Iris Murdoch)被批评她自己的作品都无法达到她的文学批评所要求的标准时,她只是耸耸肩说事情本来就是这样子。否则作者为什么要修修改改呢？那些纸页上文字的修修改改，与其说是不满意，不如说是一种象征，一再觉得"就是不对劲"的象征。]这也同样符合那些寻常讲述者们由于"言不尽意"而产生的恼怒或歉疚之意。"那原非我的本意；并非如此啊，我绝无此意"——正如 T. S. 艾略特笔下的普鲁弗洛克想象一个女人对他如此说道。语言学转向使我们丧失了语言学和阐释学上的自满，这也是它的功劳。

　　如果说 20 世纪 60 年代以后的理论让我们认识到或者重新认识到文本的意义不定和黏滞棘手，它也让我们看到了文本中许多之前全然不为人所知或者只是隐约感知的意义。传统文学大纲中的伟大文本和经典作品，包括莎士比亚和他同时代的作家，弥尔顿、浪漫主义诗人、简·奥斯汀、伟大的维多利亚时期的诗人和小说家等的作品，不仅已被深入挖掘出其在解构主义层面上的对意义的拒绝，它们的缺失、空白、意义死角（*aporia*），以及在深不可测的意涵（abysmal significations）和符号深渊（signifying abysms）中的忙碌探索，还被挖掘出一度被忽视或者轻视，但现在来看确实重要的处于作品意义的核心地位的内涵，这些内涵尤其与女性、黑人、同性恋、属下阶层、被压制的群体、少数族裔、边缘人群和权力被剥夺者息息相关。较早的女权主义确实在 20 世纪 60 年代以后的理论大爆发出现之前就开始认可女性是文学中的话题和对象，而英国马克思主义者早在 20 世纪 20 年代就开始关注工人阶级作家和他们的声音，爱尔兰和英联邦研究最近也开始关注殖民地作家和题材，但这些以前都被笼统地归在英国文学的大类之下。那些曾经被忽视和不被承认的存在——那些被弗吉尼亚·伍尔夫在她的《一个自己的房间》(1929)称为"沉默而又无名的简·奥斯汀们"——如今却常常成为阅读的兴趣点。现在我们会想，我们，或者至少那些处在旧批评体制中心的评论家们，怎么能忽视亨利·菲尔丁的小说家妹妹萨拉，或者范妮·伯尼(Fanny Burney)，怎么能做到不关注简·爱遗产的殖民来源，以及《简·爱》里阁楼上的疯女人伯莎·梅森那张黑黑的克里奥尔人的脸；又或是在讨论狄更斯《董贝父子》中富有的董贝先生和他的朋友约瑟夫·白格斯托克在伦敦开往伯明翰的火车上，与满身煤烟的烧炉工人图德尔先生的那场相遇时，无人思索火车月台上被称为"本地人"的白格斯托克的印第安仆人那无声的存在，虽然这个场景已经被很多马克思主义者和利维斯派分析过；我们又怎能不考虑在纪德、王尔德、奥登等等的作品和评论中存在的同性恋动因呢？或者不去注意到写作已经在多大程度上成了一项伟大的、依靠肉体的、彻头彻尾的身体表演，一个陈列身体的剧场是受伤的、残缺的，以及濒死的人的战场，一个解剖剧场，一张摆放着被切开、被穿刺、被拉伸以及被用于占卜的尸体的巨大解剖台。我们怎么能闲扯《暴风雨》中的卡利班，而没有联想起奴隶制，或者说，怎么能满足于白人演员把脸涂黑去扮演奥赛罗？我们怎能如此？这样做对"理论"毫无敬意。如今我们通常会问："这文本中有女性吗？"，就像以前我们会问文本中是否有反讽，是否有结局，是否有道德发现，是否有基督角色一样自然。同样的，对于黑人、同性恋、"意指的猴子"、属下、身体、各色人等，我们会自然而然地思索他们的在场，或者实质上是他们意义深远的缺席或沉默。形形色色的人物出现在我们的文本的社区、城市和国土上，如此生动，如此丰沛，这在20世纪60年代以后的理论出现之前从未有过。

　　简而言之,并不仅仅是说如今莎士比亚和狄更斯的作品读起来比以前更加妙趣横生,有更多引人入胜的细节,而是说,在20世纪60年代以后的理论激励之下的重读使所有时空和所有流派的文学都获得重生。譬如伊丽莎白时期因福柯式的生活而变得活力四射,权力和身体被戏剧化了,上演的情景中充满了围绕伊丽莎白时期伦敦的犯罪、瘟疫、妓院展开的论辩,还有因之产生的紧张情势和恐惧之情,特别是沿着泰晤士河南岸而下,在崭新的福柯式阅读的凝视里,剧院和妓院以及瘟疫横行的房屋堆挤在一起。"理论"化的新式阅读如同打开了一盏明亮的灯。奥古斯都时期的伦敦及其作品亦是如此,前所未有的生动张力,延展在时尚豪华的白厅和寒士街之间,泰晤士河前所未有地水位高涨,漂浮着动物的尸体和史密斯菲尔德港口的污浊排泄物。在狄更斯笔下的伦敦,巨大的财富在破败贫民窟的映衬下显得格格不入,时髦女郎在马粪满地的路上婀娜前行,这样的生动景象也是前所未有的。文学作品中这些我们早已熟知的地方,在"理论"之光的映照下变得如此光彩夺目。它们沐浴在全新的光明里,如同魏玛时代的柏林,光芒照亮丑陋的暗流,令严峻的事实昭然,揭露犯罪行为,驱散黑暗之地,所有被遮掩压盖的都大白于天下。这些地点,文学术语称之为场域(sites)——并不仅仅是作为产生文学的场地,或者是作品中反映的那些充满糟糕的社会现实的地方,而是因其作为文学形式而为人所知的地方,用乔伊斯在《芬尼根守灵夜》中的话说,即被"文学化"的地方。因为文学"理论"真正要说明的是,文学具有塑造我们所感知到的社会现实的重要功能;那些我们熟知的文本通过促生我们的个人观点、意识形态以及对事物的理解的"话语","建构"出伊丽莎白时代的伦敦或殖民主义或黑人、同性恋、女性等,同时也是当下或者任何"时代"的主流话语或"知识型"(用福柯的另一项重要术语来说)的主要特征。"理论"作为文学的代理人——它在产生社会和政治意义的过程中扮演积极的角色——促成了诗意性这一概念的内涵以及文学的宗旨。同样,文学作品伟大的想象力有助于我们发挥自己的想象力,构建我们自己的想象库,产生对于事物的理解力以及理解方式,所以"理论"拒绝文学作品任何的政治中立或无知,这种拒绝对于文学批评来说确实十分令人振奋。如果旧有的阿诺德—利维斯模式认为文学的道德说教作用赋予书写和阅读非凡的重要性,那么近来"理论"认为写作具有建构社会和政治话语权的关键作用,更是提高了文学书写的重要性以及批评的责任。

这种情形是前所未有的,因为"理论"的关注点极大拓展了文学专业的教学大纲与文学正典的范围。可读素材的范围也扩大了。"理论"在很多方面质疑狭隘的文学专业教学大纲,这种可读与可研究的书目列表是参照狭隘的标准筛选的,尤其是依据现在看来很显然的意识形态标准筛选的,它只允许男人、白人男性、欧洲人或基督徒的作品进入或主导列表。一直以来文学课程设置都只选取那些备受世人缅怀的已故欧洲白人男作家(DWEM)的巨著,"理论"却对此进行了挑战并大获全胜。"理论"挑战"伟大的传统"中所提名的几位凤毛麟角的作家,"理论"甚至挑战"伟大的传统"本身。F. R. 利维斯饱受非议的原因,就在于他将英国文学局限在一小撮精英作家的小说里,奥斯汀、乔治·艾略特、詹姆斯·康拉德以及劳伦斯,像盖斯凯尔们和特罗洛普们这些"普通人"都被他拒之门外,他认为夏洛蒂·勃朗特的小说是小题材,还嘲笑弗吉尼亚·伍尔夫、《摩尔·弗兰德斯》和《项狄传》,而狄更斯的作品除了《艰难时代》,别的他都不以为然。[2]

  一些过激的"理论"家甚至拒绝接受文学正典这一说法,拒绝接受正典的名录。那些十佳、百强、必备读物等说法听起来确实简单粗暴,作品和作家不应该搞得跟足球运动员、电影明星或者音乐专辑似的。然而,真正的争议不关乎赤裸裸的精英主义,也不关乎作者和读者的民主,而是反映了对正典总是意识形态建构物的指控。这一指控吸收了后结构主义的主张:等级体系一直存在并有待被解构,而不是像有些人想象的那样能够自我解构和自我颠覆。"理论"家们乐此不疲地忙于将伟大的名字从他们独享的正典宝座上拉下来。莎士比亚一如既往地高居榜首招来文学正典反对派的憎恶,整个批评界一齐指出莎士比亚至高的地位、莎士比亚崇拜热、莎士比亚出版业和戏剧产业全都是故弄玄虚和欺世盗名,凸显了真正的空虚、纯粹的民族主义以及/或者商业操作,而所有的文学正典都基于其上。在这方面,泰勒(Gary Taylor)的《重塑莎士比亚:从王政复辟至今的文化史》(*Reinventing Shakespeare: A Cultural History from the Restoration to the Present*)读起来可谓妙趣横生。[但这些并不能令我信服,我也不认为莎士比亚的地位真能被这一类书作颠覆,毕竟对大多数读者来说,很显然莎士比亚及其作品中的才华、力量、深度与广度,根本不需要乔纳森·贝特(Jonathan Bate)的《天才莎士比亚》(*The Genius of Shakespeare*, 1997)或者哈罗德·布鲁姆的《西方正典:伟大作家和不朽作品》(*The Western Canon: The Books and School of the Ages*, 1994)、《如何读,为什么读》(*How to Read and Why*, 2000),甚至于他的《莎士比亚:人的创造》(*Shakespeare: The Invention of the Human*, 1999)这些著作来背书。]

尽管在莎士比亚引起的轩然大波中可以看到已故欧洲白人男作家咄咄逼人的敌意和一些正典卫士的勃勃雄心,但它确实也有些走向极端。在英国,有人试图将莎士比亚从英国文学科目考试的必修书单中除去;据美国国家学者学会报道,1997年至1998年英国仅有16%的英语系将莎士比亚定为必修内容,而早在1964年至1965年这个百分比高达48%。不过总体来说,正典的革除大有裨益,新的教学大纲对那些一度游离于主流文学之外的作家们敞开大门,这些作家涉及不同类别,比如,黑人作家、非裔美国作家、殖民地作家、女性作家、同性恋作家、大众文学作家、通俗文学作家、言情文学作家,甚至包括解构主义作家和后现代主义作家。[3] 根据国家学者学会的调研结果,美国在世作家中被研究最多的是诺贝尔奖得主非裔女作家托尼·莫里森,另一位出色的非裔女作家艾丽丝·沃克位居第二,排名最高的男作家恰恰是来自东印度后殖民主义时期,在国家学者学会的排名中位列第四。这些排名显然要归功于文学正典变革引起的重置,它也自然而然促成了弗吉尼亚·伍尔夫的声望攀升。当然,她本人在女权主义破除文学正典方面就是先驱者。与此形成鲜明对比的是D. H. 劳伦斯在文学教学大纲中的地位逐渐日薄西山,他曾位于利维斯的伟大传统的顶峰,是雷蒙德·威廉斯马克思主义英国文学的首推作家。同样道理,安吉拉·卡特在英国大学里备受追捧也无疑得益于女权主义"理论"的传播(20世纪90年代末在临近毕业的学生中申请安吉拉·卡特研究资金的人数,比整个18世纪毕业生的总人数还要多)。毫无疑问,《项狄传》之所以在伟大文学作品的新书单上名列前茅,是由于"理论"偏好于嬉戏和自我参照的文本。如果不是德里达和他的后现代主义同行们的兴趣和热情,谁会将《芬尼根守灵夜》列入大纲呢?(乔伊斯在美国20世纪60年代的排名是25位之后,现今位居第10。)无独有偶,拉伯雷曾被英国文学专业的学生完全忽略,后来在巴赫金及其《拉伯雷和他的世界》的有力推动下,他作为狂欢化崇拜的典型而风靡文坛。

文学正典受到的来自"理论"的挑战自然也带来负面后果,那些曾经热门的作品退居二线甚至完全从视野中消失。许多传统著作遭此不幸是由于新书的崛起,如今许多男性作家前辈的地位都摇摇欲坠,D. H. 劳伦斯并不是唯一一个身价大跌的作家。1964年至1965年期间,排名高居国家学者学会前25的大部分作家都已失守,其中有莎士比亚、弥尔顿、布莱克、华兹华斯、艾略特、哈代,还有德莱顿、阿诺德、本·琼森、斯宾塞、济慈、拜伦和柯勒律治,这些老将中除了亨利·詹姆斯的声誉有所上升之外,其他都跌落至前25名之外。看到这些曾经的经典一落千丈确实有些令人不安,这也是大学本科课程的课时限制导致的后果,越多地关注《汤姆叔叔的小屋》就意味着给布莱克的时间越少。但我希望没有人会对最近三十年来跻身全美前25的三位女作家心存芥蒂,她们是弗吉尼亚·伍尔夫、艾米莉·迪金森和乔治·艾略特;也希望没有人会对卡罗琳诗人约翰·萨克林的陨落过于遗憾。(我最近在埃文河畔的斯坦福书店买到一本他的书,是伯明翰大学图书馆淘汰的版本,因此知道他的命运无法挽回了。)无论是在文学、文化和美学方面,还是在文化史与传统、文学传统方面,或者单纯增加文学知识,或者纯粹只是找些乐子,我们都应该聆听那些曾被排斥的、受压迫的、已遗失的声音——比如说,18世纪诗歌领域的王国或"可知共同体"(knowable community,借用雷蒙德·威廉斯的术语)。例如,在罗杰·隆斯戴(Roger Lonsdale)努力的挖掘、钻研和复活行动之后,随着诗集《18世纪女诗人文集》(*Eighteenth-Century Women Poets*)的出版,18世纪的诗歌变得比以往任何时候都炙手可热。[4]

无论是对于读者,还是对于阅读本身,文本经典与阐释文本经典的增多在各方面都大有裨益。新的认知给阅读带来更多产生愉悦的机会,这种愉悦的产生大多是由于读者得以彻底解放,获得自由阅读的权利,获得以往不可企及的读本,那些受限于过去时代主观意念的阅读方式也得以开放和实践。J.希利斯·米勒(J. Hillis Miller)的盛赞无疑是正确的,他把旧规范的动摇看作受压制阶层的解放。(此处压制的意思是,比如强迫洛杉矶的拉丁美洲人或者泰国人、纽约的波多黎各人,或者住在这两个城市的旧城区的黑人只阅读传统正典中的《李尔王》《远大前程》等,并且要按照神学预设去获取书中的"意义"。这就是约瑟夫·康拉德所说的"压制野蛮习俗"并最终发展成"消灭一切野蛮"。)[5] 爱德华·萨义德在他的《文化与帝国主义》中机智地邀请我们去思考,一个印度或者非洲的英国文学学者在阅读《吉姆爷》或者《黑暗之心》等作品时想要进行批判的迫切心情,肯定与英美学者不同。显然,这意味着曾被排除在外,甚至在英美读者中完全缺席的印非式阅读,如今由于后殖民主义的出现而被划入其中,比如萨义德的阅读方式。那些英国人或者美国人正被邀像一个印度人或者非洲人那样去阅读、去行动。新的阅读方式令他们眼界大开,并获得文本解读的全新力量;而对于印非人民来说,则意味着在阐释地位、政治公平性和心智情感上的满足。"阐释帝国主义及其伟大文化作品中前殖民主义主题的出现,赋予帝国主义一个明显可辨的,甚至令人瞩目的属性,并成为研究和积极修正的主题"(萨义德《文化与帝国主义》)。此外,这些话题适用于在"理论"革新力量影响下的女性、黑人、同性恋以及所有其他主体,这些人在阅读和他们的自我、情感气质、意识形态倾向和种族习性等方面找到一个契合点,即使这个契合点是负面的、对抗的,它也能给新兴的演绎者带来阅读的满足感,因为它让黑人批评家意识到,必须以批判的眼光来阅读白人作家的文本。

实际上所有这些都是去找到属于自己的批评,去回应弗吉尼亚·伍尔夫的富有影响力的早期女权主义对《一个自己的房间》的要求,去回应伊莱恩·肖瓦尔特(Elaine Showalter)在自己的作品中将非裔美国人与女权主义理论联系起来的打算。[6]正如亨利·路易斯·盖茨所说,就他自己而言,他在自己同类的读者身上和阅读过程中,"能看到黑人面孔的真实映像,能听见黑人真实心声的回应"[7],这种在文本和批判中游刃有余、轻松自在的感觉显然意义非凡,这样的契合与共鸣是激发读者兴趣、提升阅读渴望的关键。只有认识到这样的契合在勾连文本与读者方面的重要性,甚至必要性,才有助于把爱尔兰文学提升到爱尔兰和苏格兰大学的议程之上,有助于青少年读物进入青少年的阅读表单,有助于黑人作家、墨西哥裔美国作家和犹太作家的作品进入少数民族聚居区学校;这样的契合也解释了为何女性学生想要为女性作家写文学批评,为什么非裔作家的小说在非洲欣欣向荣,印度裔作品在印度蒸蒸日上。每位文学课老师都曾尝试用有契合度的阅读材料来潜移默化地影响固执的学生——给吸毒成瘾者读瘾君子的诗,给曾身陷牢笼的人看监狱文学,给调皮捣蛋的孩子们读古灵精怪的书,以此类推。文学教育者尤其可将此类方法用于课外教学,这种因材施教的策略在许多教学情形下都意义重大。在多少读者或者作者的回忆里,能与文学结下不解之缘,常常都是因为某部小说折射了自己的境遇——V. S. 普里切特(V. S. Pritchett)在伦敦的童年充满了对"烟熏火燎的恐惧",这源自他阅读《雾都孤儿》的感受[见普里切特自传《门前马车:早年生活》(*A Cab at the Door: Early Years*, 1968)];爱德蒙·高斯(Edmund Gosse)在家中阁楼里发现的裱糊大衣箱里的几页哥特式小说[在他的《父与子》(*Father and Son*)中被提及],让他对妈妈独自外出,到伦敦公共汽车上散发宗教小册子这件事忧心忡忡;小孤儿简·爱之所以沉浸于比威克的《英国鸟类史》,是因为书中描写的形只影单的小生命在冰天雪地的荒原,精确映射出她寄宿在坏舅母家的遭遇。

　　由于阅读的高度私人性,对文本的阐释也变成了一种个人证词或者奇闻轶事的形式,从而使阅读变得不可掌控。而这显然使爱德华·萨义德感到忧虑,即便他对此表示了肯定("然而在超越个人证词的断言之上,我们如何构想文化和帝国主义之间的关系呢?"),但他也强烈反对仅仅基于奇闻轶事的新历史主义的很多理论,因为新历史主义赋予了那些奇闻轶事很高的可信度。当然有人坚持认为,阅读的首要使命之一是帮助读者从自我的狭隘中走出来,不拘泥于有局限的自我世界,去开拓全新的视阈,并学会严谨地对待差异。所以仅仅向人们指明他们所处的现状——或者说他们处在自我的狭隘中——就否认了阅读能够扩大人的视野和知识面的可能性。我个人非常赞同这一点。我也赞成"随身携带书本"的做法在很大程度上非常有助于门外汉进入阅读的殿堂。

但在这种私人际遇中,在阅读中产生的私密的自我反思和自我满足感中,显然还会有许多收获,不管这是不是吸引读者进入文本并沉浸于阅读的全部原因。毋庸置疑,文学"理论"的一大益处在于"理论"化的阅读方式在所阅读的文本、个人验证和情感满足等方面带给我们的收获。"理论"家们也能获得职业上的满足感(我努力使自己的语气不显得嘲讽),"理论"也成为大学职位的有力提供者,这也是"理论"新增的赋权能力的一部分。人们乐于承认自己是同性恋,乐于成为一个(最终)被认可的同性恋批评家。对于文学"理论"的投资已经使很多"理论"家得到了回报。罗兰·巴特将在阅读中获得的文本的"愉悦""理论"化为一种性快感也就不足为奇了。还有商务舱旅行——炙手可热的后殖民主义"理论"家甚至向贫困的第三世界主办方要求昂贵的机票,所有非洲或印度的会议组织者都有一堆这类让人沮丧的故事。

个人化成为"理论"界的特色,我觉得没有什么比这个更具讽刺意味了。从学术的深邃和严谨方面来说,没有人关心后殖民主义理论家德里达的译者佳娅特利·C. 斯皮瓦克(Gayatri Chakravorty Spivak)在利雅得大学为女生做报告时发生了什么事情,更无意于去分辨哪个是交谈,哪个是讲座,哪个是斯皮瓦克在茶余饭后闲聊自己最近的谈话、讲座或者其他什么。将苏丹阴蒂切除术和她在美国大学里作为印度女性遭受到的意识形态迫害相提并论,未免令人难以接受。

在阿兰穆·威瑟(Aram Veeser)编辑的关于文学"理论"批评自白主义盛行的文集《批评家的自白》(*Confessions of the Critics*, 1996)中,阿诺德·兰佩萨德(Arnold Rampersand)快快地评论说:"一有疑惑,就加入自传。"在戴维·洛奇的文学"理论"小说《小世界:学者的罗曼史》(1984)中,那位著名的"理论"家莫里斯·扎普曾做了一场关于"文本性如同脱衣舞"的演讲,而吉利恩·布朗在威瑟编辑的文集中对此评论说:"彼时是讽刺,此时是现实。"我们真的关心理论家的体格大小、头发颜色、车型偏好、旅行偶遇、性别问题、家庭生活、宗教信仰、恐惧所在、人生梦想和健康状况吗?这些出现在序言中的东西真的能为批评"理论"增光添彩吗?阿兰穆·威瑟的答案是肯定的(他介绍了批评家们屡屡做出的这类表白并将之命名为"自白批评案例")。我却认为如此大量涌现的荒诞离奇的个人生活细节毫无意义;我喜欢能真正交流碰撞的个人化阅读,那种如同发生在真实的时空、合适的机遇之中的阅读,它花费的时间和精力比阅读这些自白批评要少多了,因此我仍然有待被说服。

在伊芙·科索夫斯基·塞吉维克(Eve Kosofsky Sedgwick)的《倾向》(*Tendencies*, 1994)前面有大段的独白,在我看来从严格意义上可谓典型地毫不相关。"我写作时,《金碗》、J. L. 奥斯汀的作品、《苏珊·洛夫医生的乳房护理书》、塞维涅夫人的作品,所有书籍打开着(open-faced),摊放在我对面的椅子上,三个主题在我脑子里萦绕盘旋……"["打开"(open-faced)书籍是肯定的,都要读书了还不得打开书籍,你说对吧?]这又怎么样呢?这些段落让人欲哭无泪。要么你就硬着头皮读下去，看接下去作者会写些什么。自作主张是冒失的，自我标榜则转移注意力，并且对于跟随其后的理论家来说有失权威。在乔治城大学会议上为聋哑人做手语的年轻译者，那个像芭蕾舞者一般的棕色皮肤的女孩被所有思辨敏锐的白人演讲者忽略了，唯有伊莱恩·肖瓦尔特注意到她并以此开启了我之前提到的"我们自己的批评"的篇章，这是个有趣的故事，这个女孩就是女性被排斥的极好的例子，尤其代表着那些第三世界的女性，女权主义和后现代主义话语希望将她们识别出来、为她们命名，并赋予她们意义和话语权，而那些白人男性学者对之置若罔闻，相比之下，肖瓦尔特教授的慧眼令她更有优越感。但是这件轶事的故事性魅力超出其批评解说性。当然，这种识别、命名被排斥的他者的举动始于伊莱恩·肖瓦尔特的自我命名，这是文学理论领域中典型的做法。佳娅特利·斯皮瓦克坚持认为，被排斥的女性他者必须被命名。"她一定要在我们的作品中得到承认。""谁是另外的那个女性？我要怎样去命名她？"还有，"她会怎样命名我？"可能这些问题都没有正确答案。但是在这些关于他者的论述中斯皮瓦克从来无法避免想到她自己，她对于第三世界女性他者的命名也通常包含着她对于自己的高调命名。这种自我宣扬强烈深刻，其中高度的自我中心主义昭然若揭，这种模式属于自我鼓吹［如金斯利·艾米斯在他有关《贝尔武甫》的诗（"因此，对恶龙感到厌倦……"）中所用的象声词那样高调张扬］。这也是文学"理论"中典型的自我中心效应，私人阅读产生了过度私人化的解读，自传文学到处泛滥。

　　自然，人们会期待伊芙·科索夫斯基·塞吉维克的著名演讲"简·奥斯汀与手淫的女孩"引起热议。当然了，这也是计划之中，现在这篇演讲稿甚至被公布于众,见诸报纸了,塞吉维克使之成为《纽约时报》引起唇枪舌剑的版面。这就是新闻,但并不具备批判性新闻的价值,它无益于批评,也无益于"理论"。[8]

在这些自白泛滥的时刻,人们忍不住对朱利安·巴恩斯的《福楼拜的鹦鹉》里的叙述者点头道是,他罗列出一堆自己所喜欢的法国事物——药房、美术市政厅,还有像"小心甜菜"这样不可思议的路标,然后他又痛斥罗兰·巴特的自传《罗兰·巴特自述》。

> 我读到了一个列表,名字叫作"我喜爱的",上面有"色拉、肉桂、芝士、甜椒、杏仁蛋白软糖、新收割的干草的气味[还能读得下去吗?]……玫瑰、芍药、薰衣草、香槟、松散的政治信仰、格伦·古尔德……"罗兰·巴特的列表还在继续,有的挺好,有的却令人讨厌。巴特赞美了"梅多克葡萄酒"和"换个口味"(having change),又继续赞美"布瓦与贝居榭",好吧好吧,继续看下去,下一个是什么?"穿着拖鞋在法国西南部的小巷子里散步。"真是受够了!难道要一路开车到法国西南部,然后在小巷子里扔甜菜根?[9]

这种在巷子里扔甜菜根的做法在当今这个"理论"时代比比皆是。但是这些怀揣个人兴趣的邀请,这些私人化的自我鼓吹和自我认同,确实也表明了在某种程度上"理论"乱炖的多元关注能给它们的鼓吹者带来愉悦——真实而又正当的愉悦。文学"理论"不仅使从前那些不被关注的兴趣点和处在文本边缘的人物得以发声,还给予了出自或者认同那些边缘地带的批评家们肯定的声音,谁不会为此感到高兴呢？通过阅读获得幸福无疑是一件好事，我希望我们都能追寻这种幸福。正如朱利安·巴恩斯也无法免于不断在自己的小说里制作法国美食清单和真经一样——尽管他批评别人在写作中的这种做法。

5
片段……废墟

这些片段我用来书写我的废墟。

——T. S. 艾略特,《荒原》手稿版本

尽管益处多多,但关于"理论"的一个明显事实是,它本身存在太多让人沮丧的东西。不论是阅读、读者,还是作者、写作,都被卷入语言学转向及其后果中,就像被卷入一个丰沛的怀抱、一个可怕的松垮的大麻布袋,或是像挣扎在乱炖碗里、摆在祭品盘中,备受煎熬。

尤其糟糕的是,20世纪60年代以后的理论——试图把阅读和读者也带走——已经被阐释怀疑论的浪潮卷跑,沦为愈演愈烈的怀疑阐释学,四处蔓延,横冲直撞。在乔纳森·卡勒短小精悍的大作《文学理论简介》中,书中大大小小的地方都清楚地表达了以下观点。

> 理论的主要作用是对"常识"进行争论:关于意义、写作、文

学、经验的常识性观点。比如,理论质疑以下观点:

　　• 一番话或一个文本的意义即说话者"当时脑海所想",

　　• 写作作为一种表达方式,其真理存在于他处,存在于它表述的经验或事件状态中,

　　• 真实是在特定时刻"在场"的东西。

……

作为对常识的批判和对其他替代性概念的探索,理论的内容包括:质疑文学研究中最基本的前提或假说,动摇任何可能想当然的看法,比如,什么是意义?什么是作者?什么是阅读?"我"或写作、阅读、行动的主体是什么?文本和它产生的环境有什么联系?

换句话说,在我称之为传统诗学的"三大要素"的所在之地,怀疑如雨水一样倾盆而下——它在大量例子中都表现得油嘴滑舌。当罗兰·巴特挥舞着不屑一顾的魔杖宣告作者之死时,作者的地位开始瓦解。巴特笃定地宣称,是作品(writing),而不是作者,在写作。不是作者在书写语言,而是语言在书写作者。一切都是"被书写"——正如德里达的《论文字学》(De La Grammatologie)中的这句魅力非凡、难以译出却又常被引用的口号:"文本之外别无他物"("Il n'y a pas de hors-texte")——但文本的位置也是不确定的。文本当然不是既定的事实(givens)。它们是被读者所建构:这是斯坦利·费什一直以来的观点(除非我或者"阐释共同体"这么认为,否则这个文本中就没有信息)。在任何情况下,文本总是泄露出来,否定已知边界,溢出指定边

界——这也是德里达的观点。严格来说，因为一些其他原因，文本是不可读的——它们的意义，任何语言学/文本上的意义，总是紧张不安，位于"抹除的痕迹"之下。假如作者离世，文本及其意义随之磨损、消失，那么读者注定要经历一段艰难时刻。无论如何，他们都处境艰难，因为按照弗洛伊德、拉康和阿尔都塞等人的学说，读者没有任何特定的或固定的身份可言。人类的自我是不连贯、破碎、分裂、多形态、去中心的，如同建筑工地或舞台布景，自我、身份、说话的我都是拼凑而成的——是人物、部分、角色的组合，在不同程度上都受到欲望、意识形态、五花八门的原始场景和语言囚牢的限制，所以，"我"仅仅是一个主体的形成；一份正在进行的工作；一种方便的虚构物组成的原创复合物；一系列关于我的有用的故事，这些故事都是由我（和我的文化）制造出来，灌输给我/我们，为的是安排我们照此生活。所以，阅读这类观点的过程，就成了与不稳定虚构物的相遇——易碎的读者自我搜寻移动的文本目标，但这种寻找在任何情况下都只能沦为徒劳的客套。这一黯淡景象被称作人文主义的终结。难怪，读者焦虑是它引发的主要后果。这是一种超焦虑，远比彼得·汉德克（Peter Handke）的小说和维姆·文德斯（Wim Wenders）据此改编的电影《守门员面对罚点球时的焦虑》（*Die Angst des Tormanns beim Elfmeter*, 1970）中标志性的寓言式焦虑更糟糕。

　　伟大的"理论"家们精彩地阐明了"理论"化概述揭示出的实际困境，这令人印象深刻。德里达对卡夫卡作品《审判》中的那个挥之不去的神秘片段——"在法的前面"（"Before the Law"）——进行了强有力的解读，然而却把它变成了一个难度巨大的非凡寓言，读者被挡在阅读过程的门口。德里达的解释法则代表了文学本身。不过,这是不可知的、无法定义的文学。这一法则甚至无法被命名。"哲学、科学文本、知识性或信息性的文本,都不会放弃存在之名而甘居不可知的状态。"但是,文学做到了。不借任何名义,读者便无法进入这个场域。"我们在文本面前,却道不出任何确定的意义,也呈现不出任何超越故事之外的可辨认的内容,除了无止境的延异,直到死亡,可尽管如此,它还是完全捉摸不透。"阅读沦为这种卡夫卡式的噩梦,它无处可去,读者无法开始,文本是含糊的,内容永远触摸不到。[1]

福柯影响深远的实至名归之作《词与物》(*The Order of Things*, 1970)——法语版为 *Les Mots et Les Choses*(1966)——以生动描述委拉斯凯兹(Velasquez)的《宫娥》(*Las Meninas*)作为开篇,如果我们拿它来示范由三个部分构成的理论阅读困境,会更加生动。在这幅画中,画家在绘制西班牙皇室家族、国王、皇后、孩子、侏儒、狗等的行为中再现了自己。绘画行为既是它自身的文本主体,也是文本客体。艺术作品从外部世界撤退,退出任何文本之外的空间,往下走,深不可测地走进它的存在本身。这个文本确实是个元文本。它的自我即岌岌可危的自我指涉性。画家,即画外的作者,也不例外。我们看到,他从他正在作画的帆布后面往外看。所以说,画作前面摆放了一面镜子,他在那儿能看到自己。这幅画并不是举起一面镜子反映生活,相反,它作为艺术品只存在于立在创作的画作前的镜子中。那么,是什么让这一绘画行为,即表征过程(也不过如此),成为可能?是内指的镜子。只有窥视这些镜子,画家才能作画,才能成为自身。自我反射是画家和画中世界的总体状况。本来主体是西班牙国王和王后,现在他们只能在画作后面的小镜子中以模糊微小的形象出现。高高在上的陛下只能以镜中反射物的画作中的镜中反射形象出现在我们的目光下。人类和美学作品(aesthetic existence),作为主体的人和客体的人,画家和画(即作家和文本),看的行为、知道的行为、再现的行为,在这幅画作中被最大程度取消(erasure)和质疑。当然,在这个错综复杂的问题迷宫里,我们——委拉斯凯兹的读者——事实上正站在国王和皇后"真正"站着的位置。赏读这幅画时,我们站在它面前,画家的凝视正对着我们,我们不是正站在最初的主体被擦除的位置吗?起初,他们的被擦除、他们的不在场像是给了我们机会。正如巴特所说,作者之死、对文本的质疑正是读者的诞生。但是,接受这种情形下的阅读邀请要付出什么代价呢?如果强大的皇室主体都得面对被消解在镜子和妄想的荒野中的命运,那我们也几乎不可能轻易逃脱。我们当然不能。我们站在这赏读这幅画时,它负载的皇家主体和画家本人的所有焦虑都沉重地落在我们身上,落在陛下们在画中的临时替代物上,落在画中委拉斯凯兹揣摩的注视下的最新客体上。画作直指读者,让带着种种怀疑和犹疑不决观画的我们不堪重负——至少当福柯以高超的分析把这些读者焦虑壮观地带回给我们时,是这样的。

绝对怀疑主义(Pyrrhonism)——卡勒所指的"理论"的多重怀疑论——是最极端的。绝对怀疑主义以常抱怀疑态度的古希腊哲学家伊利斯的皮浪(Pyrrho of Elis)命名,许多"理论"家都把它视作一种荣誉称号,这些人一碰到"理论"的怀疑锋芒遭到抵制就会感到不悦。新历史主义批评家斯蒂芬·格林布拉特和凯瑟琳·伽勒赫(Catherine Gallagher)曾以解构主义对"绝对怀疑主义能量"的"背叛"为例,警示他们这一类批评家不能丢失真正的信念。他们的意思是,任何缓和理论怀疑主义的尝试都不好,就像某个17世纪的人试图"重写(具有怀疑精神的)蒙田(Michel de Montaigne)以使他听起来像(正统的)托马斯·阿奎那"一样糟糕。² 这个类比比想象中更有说服力。蒙田谈到了绝对怀疑主义,并提到了一个常被提及的出自基督教高峰期的文本案例——斯蒂芬·格林布拉特出于新历史主义对语言转向的特殊关注,对此非常感兴趣,并在《新历史主义实践》(*Practicing New Historicism*)中试图解构这一例子——耶稣在最后的晚餐上所说的话,当他"拿起饼"并"掰开它"时说:"这是我的身体,为你们而破碎。"在基督教圣餐仪式上,神父或牧师会重复这段文字和行为。*Hoc est corpus meum*:这是我的身体。这些词意指什么?*hoc/this* 指什么?基督提及的是什么东西?是饼?还是他自己的肉体?*est/is* 是什么意思——特别指牧师手里的饼吗?怎么会是基督的"身体"呢?在何种意义上基督"真的在场"于弥撒或圣餐仪式中呢?这是宗教改革的绝对中心难题:它们是基督教文献阅读史上最受争议的一些词[借助米丽·鲁宾(Miri Rubin)极其广博的作品《基督圣体节:中世纪晚期文化中的圣餐礼》(*Corpus Christi*:*The Eucharist in Late Medieval Culture*,1991),格林布拉特友好地指出了这一点],它们恰好被用来直指古代语言指代问题的要害,即真实存在或文字意义的问题,这一问题对"理论"来说是核心所在。³ 当词汇看着像是指向某些事物时("This is …"),它们意指的是什么?语言和文本的此性(thisness)、指示语(deixis)分别是什么?文字或文本中有真实的存在吗?这是宏大的德里达式问题。小说《项狄传》经常很像"理论"的语言学绝对怀疑主义，它总是自然地把圣餐争论作为它探寻的中心。对于米歇尔·德·蒙田来说，这也是理解语言之艰难的主要例证。

蒙田在《为雷蒙德·塞朋德辩护》("An Apology for Raymond Sebond")中有一段谈及语言的"缺陷和弱点"的文字，"理论"家们很喜欢引用——"世上的大多数口角都是语法造成的"；法律阐释上的争论引发官司的诞生；"大多数战争"都源自意义混乱的惯例或条约——一个常用的例子就是广受争议的圣餐仪式。"世上有多少争端，甚至是重大争端，都是由单音节词 hoc 的意思引起的怀疑造成的。""理论"家们多多少少都带着卡勒概述的绝对怀疑主义的极端倾向，和他们一样，格林布拉特采用这些对圣餐仪式用词（eucharistic words）的传统争论是为了突出必要怀疑解释学（hermeneutics of necessary suspicion）（"一个稳定地再现意识形态受到挑战……"等）的重要性。在这些争论的笼罩下，没有哪个带有指向意义的 hoc 或是关于呈现意义的断言是安全的。然而，格林布拉特和他吸收的"理论"传统却忽视了这一点：蒙田的观察可能会让人们把他纳入极端怀疑主义的阵营，但是他——值得一提的是，甚至是持怀疑论的蒙田，深受皮浪的影响，以至于在他的个人奖牌上面的平衡的天平图案上都要刻上那句皮浪的名言："我知道什么？"——立刻否认了极端怀疑主义的绝对性。"我认为，极端怀疑主义哲学家无法用任何已知的言论表达出他们的大致概念；他们需要一种新语言：我们的语言由完全对他们抱有敌意的肯定性观点构成——以至于一听到他们说'我怀疑'时，你就会勃然大怒，会逼着要他们承认，至少有一件事他们是肯定的，即他们怀疑。"[4]

"理论"家们在蒙田随笔中任意挑选采撷。（之后我会详细陈述我的观点,这一类的"理论"家,都是糟糕的读者。)可蒙田对怀疑主义的质疑却给"理论"带来了麻烦。因为,尽管以下主张的难点和可争议性一直被认为是批评该着手的地方,但要反对语言关于真实存在的主张,否认语言直证欲望(deictic desires)和此性的力量确实很难。此性即文本中的"这是"(*hoc est*)反复指向的物和人的个性化的个体性(*haecceitas*)[邓斯·司各脱(Duns Scotus)和杰拉德·曼利·霍普金斯(Gerard Manley Hopkins)提出的名词]。话虽这么说,但我们的新绝对怀疑主义者可不会因为榜样给出了明智恰当却也尖刻的警示而止步。在最近的"理论"时代,一连串相当多的绝对怀疑主义修辞几乎把文学交流的概念猛击至死。

在20世纪60年代以后的理论的指导下,文本被关于过失、失败、缺失、损坏、缺乏等的喧闹的绝对怀疑主义修辞妖魔化。责备性的修辞布满"理论"家们的作品。文本严重受损,废墟一片,宛如遭受轰炸的场景。沃尔特·本雅明说,寓言(被认为是指诗学、文本)在思想领域中的地位,与废墟在现实世界中的地位相同,20世纪60年代以后的理论家深受这一简明语句的启发。[5] 根据"理论"的说法,文本是碎片化的、零散的、破裂的。它无法大声言说;它结巴;它犹豫;它看不见;它瞎了;它堵住了。它被毁容、被丑化,是一个面目消失(de-facing)、去人格化(de-personifying)的过程(相反,传统观点认为,作品是拟人修辞法——做脸、自我的形成、人格化):这是保罗·德曼颇有影响的解构线。[6] 文本对自己一无所知;它不清楚它的目的是什么;它受到压制。它无法直立行走;它蹒跚而行;它是跛脚;它是残废;它犯错。文本会误导;它似迷宫一般;令人赞叹;让人疑惑。你的常识(卡勒)让你认为写作的职责是——交流，描述真实世界、人、洞见、知识、陪伴、安慰、道德作用、情感影响，事实上这些都是写作堂而皇之的观点，其实它并未做到。"理论"寻找关于建议的黑化，意义的混乱和封闭的最糟糕的故事、最臭名昭著的例子和寓言，把它们当作文本模范，例如：弗洛伊德的梦文本中的黑肚脐；人类语言"混乱"的巴别塔；摩西摔破法板；摩西的口吃先知们；摔跤后跛脚的雅各；以色列人敌人的故事，他们因为无法准确念出"示播列"(shibboleth)这个词而必须赴死；忒修斯在米诺斯王(King Minos)的迷宫里；俄狄浦斯的幻灭；哈姆雷特的怀疑；康拉德笔下的马洛总体上的叙事失败和《黑暗的心》中特别针对无法言说的事物使用的延展修辞；《芬尼根守灵夜》是史上最大的犹豫文本(text of hesitation 或 HeCitEncy)。沃尔特·本雅明、哈罗德·布鲁姆、保罗·德曼、德里达都在不同方面把文本中神秘的拉比教义看作根本，它是《破器》(The Breaking of the Vessels)一书中原始破裂性(an original brokenness)的开端。

更糟糕的是，这些缺陷被认为是堕落的，甚至是犯罪行为。现存的表意失败的文学范例都是各种各样的关于诽谤、错事、犯罪、逾矩的故事，这并非偶然。文本成了犯罪现场；它判定不合法行为；它教唆并公开肯定读者的犯罪行为。"理论"必然会指控文本的罪行，在代表正义的批评的被告席前传讯它，公开确认它的罪行。可以看到，文本是压迫的结果；它受雇于有害的机构、邪恶的国家机器和错误意识；它是压迫、压制、镇压的代理人。它需要精心监控，自然也离不开心理分析治疗。它生病了，不舒服，患了多种传染病。它是滑动的；是意义失败的地方；读者很容易疏忽犯错。你需要警惕地看着它，否则当你天真地漫步在黑暗的文本小巷时，它会在你毫无防备时抓住你，行凶抢劫，用低俗讨厌的办法蛊惑你。它会在道德上、政治上、语言上把你带偏。所以，如果你在阅读时对文本变形的纹理不加防备，可能就会被它的意识形态骗局和脏乱同化。文本欲施加在你身上的魔法令人高度怀疑。它们的音乐是危险的塞壬的歌声。这些迷惑人的咒语必须破除。"不管故事多么令人愉悦或引人投入，它都支持着某些意识形态主张，或证实了某些机构主张或机构安排的合法性"。[7]

　　按照20世纪60年代以后的理论的模式来阅读，表面是一种良好的阅读意图和对文本的信念，实际却是对文本的怀疑与对文学的恶意。沃尔夫莱精心编写的《阅读：文学理论中的细读行为》(Readings: Acts of Close Reading in Literary Theory)以令人享受的A-Z的字母顺序——涵盖了从阿尔都塞到齐泽克的"理论"家们。在这本书中，沃尔夫莱尖锐地品读了"理论"化的读者们就阅读这一话题所阐述的文本，他把阅读看作西西弗斯上山式的挣扎，这一广泛流传的景象在书中表述得分外清晰。(这种清晰确实是一个悖论，涉及一场最刺激的、充满皮浪主义色彩的理论著作的过山车之旅。)这本书是献给J. 希利斯·米勒的。毫无疑问，估计米勒也会赞同书里记下的一长串消极性名册：阅读是一种罪行，是让人内疚的工作(阿尔都塞)。这是个美好私密的地方，就像马维尔的诗歌《致羞怯的情人》(To His Coy Mistress)中的偷奸的床或墓穴，在那儿，谎言和不正当的满足肆意蔓延[弗兰西斯·巴尔克(Francis Barker)]。在这儿，误读的读者遇到了这首误读了另一首诗歌的诗(哈罗德·布鲁姆)。这是和遗迹、破损的书页、毁灭后的剩余打交道的活儿——或许吧[埃莲娜·西苏(Hélène

Cixous)]。这是吃禁果(也是西苏的话;她在另一部作品《写作的三个阶梯》(*Three Steps on the Ladder of Writing*, 1993)中称,死亡是读者—作者的恒定原点)。它是 clôtural——无限,"没有终点、世界末日、末世(*eschaton*)"[西蒙·克里奇利(Simon Critchley)]。这是掌控文本的失败尝试,像一台挖掘机,在岸边的海床挖来挖去,抓起几块石头、一些水藻,但主要还是水,一舀起,就从机器口掉下去了(雅克·德里达)。它把你的自我撒播在他人的书页上,导致了愚蠢(米歇尔·福柯)。它是和不可读的片段、中断、不在场的相遇,与那些本应表达很多但却所言甚少的片段的相遇[汉斯-约斯特·弗雷(Hans-Jost Frey)]。它是一场骗局;一个秘密花招;一张表面上没有限额的信用卡,承诺了一切,却总是还没来[佩吉·卡穆夫(Peggy Kamuf)]。它"摧毁了书作为包含了确定意义的封闭一体性的传统分类"[莎拉·考夫曼(Sarah Kofman)]。就像会传染的笑声,它的传染性很难"受制于掌控"[D. 法雷尔(D. Farrel)]。它会遇见滑动的能指,因而是件难事,不按计划进行,甚至会"啥也读不到"(雅克·拉康)。它"从未完成过"(让-弗朗斯瓦·利奥塔)。它总是"在中间",像是一个写在行间的文本[雷纳·奈杰尔(Rainer Nägele);引自沃尔特·本雅明]。在阅读中,意义"竭力对抗意义的负担以至于失去平衡"——一个永远止步于开始的过程,"一个总是重来的开头词"[让-吕克·南希(Jean-Luc Nancy);显然,他的主题曲就是他最爱的后现代风格——《我无法开始》("I Can't Get Started")]。它避免阅读[托马斯·佩珀(Thomas Pepper)]。"阅读……一定不能宣称能揭示隐含的意义"[比尔·雷丁斯(Bill Readings)]。它承诺"未来的启示。但这一未来是无法完成当下任务的未来"[艾维托·罗内尔(Avital Ronell)]。它"总是在等待被阅读"(尼古拉斯·罗伊尔,《德里达之后》)。它是破坏性的、侵占性的及时代错误的(斯拉沃热·齐泽克)。

在这本书中,字母 W 下没有词条——沃尔夫莱把自己的部分从他的字母表中去掉了,就像罗兰·巴特在四处萦绕着母亲去世信息的作品《明室》(*Camera Lucida*)中略去了母亲所有真实的照片一样。像巴特母亲一样,沃尔夫莱本人也在作品中无处不在:从严密分析细读曾经宣称的效果之大打折扣,到书末尾对绝对怀疑主义者们集体合唱的永久支持,我们都能看到他的身影。"我们坚持细读,尽管它正在离我们远去"(沃尔夫莱评艾维托·罗内尔)。照计划阅读总是转叙的(metaleptic),是无穷无尽的、难以捉摸的替代过程,无关此性,仅仅是隐喻,此性的代表而已(沃尔夫莱评艾维托·罗内尔)。阅读被认为就像听到"这是我的身体"(*Hoc est meum corpus*)这句话,可身体、主人和自称滋养的可食之物(edibilium)却只是代指真实事物的文字而已,只是意味着更多这样的文字的出现,而不是真实事物本身。所有这一切似乎是嘴里的修辞的灰烬(rhetorical ashes)。阅读总是带着你向意义靠近;你也总是和意义毗邻(也是沃尔夫莱的话)。但你却永远无法终结这一切。就如德里达解读《在法的前面》("Before the Law")时说的,阅读就像被邀请去触摸(终究)触碰不到的东西。

沃尔夫莱的精明之处在于(他有"理论"的精明,他是文本碎片大师),他的文本毫无例外的全是些小摘录和撕碎的片段,这是他收集的镶嵌作品,一条镶嵌而成的"理论"小径:它生动地展示出,即便对"理论"化细读做最细致的尝试,最后也不过是和碎片亲密邂逅,所有这一切都是开始、骤然停下,确实是结巴的。尽管沃尔夫莱本人的解读令人赞叹地清晰,但他们这群"理论"家的清晰仅限于探讨结巴的可能性而已。他们常常追求结巴的文体风格,这正是他们崇拜的目标文本经常践行的特点。这一点儿都不惊奇。这正是言传身教。

"理论"家的确喜欢言传身教,至少在文体上如此。所以不难发现,许多只钟情于文本的晦涩难懂力(opacity-capacity)的"理论"家在批评风格上也被它搞得稀里糊涂。对付这个问题,没有比取笑更简单的策略。没有什么策略比嘲弄"理论"对晦涩难懂和模糊性的热衷、它对惊人新词的喜爱,以及它某些语言的刺耳不协调更容易的了。这些对"理论"的指控是各类保守派的第一法宝,例如,他们拿北美现代语言协会(the Modern Languages Association of North America)年会的标题嘲笑"理论",讽刺它追逐令人生厌的新奇和歪曲行话的连接词,而这些原本被认为是"理论"的智慧所在。无疑,北美现代语言协会年会的确给这种嘲讽带来了便利,透过这面镜子可以看到"理论"的喜好:投入自由创造新词的游戏中、把奇怪的相关"理论"欢乐地结合在一起、在"理论"灵感的能量作用下粗暴狂热地把不算同质的"理论"要素生拼硬凑到一起。"女性化流行文化"("Girling Popular Culture")、"混合口音:双语性征"("Crossover Tongues:Bilingual Sexuality")、"莎士比亚笔下的说话者和听者中的符号边缘性"("Logomarginality among Shakespeare's Speakers and Listeners")、"《宠儿》中的替代目击者:'多义'的悲剧和脚印的吻合"("Vicarious Witness in *Beloved*:'Plurisignant' Tragedy and the Footprints' Fit")、"狂喜的屁眼"("The Anal Eye of Ecstasy")、"'后'时代,即/和'多元'时代的当代美国文学"("Contemporary American Literature in the Age of the 'Post-' as/and 'Multi-'")、"美杜莎情结:爆炸头、不开心和世纪末的俄国女性小说家"("The Medusa Complex: Big Hair, Bad Hair, and Russian Women Authors of the Fin de Siècle"),这些是北美现代语言协会2000年年会的文章标题,我都喜欢,它们展示了肆无忌惮、大显身手的精神,这正是巨蟒剧团(Monty Python)的幽默短剧《地狱奶奶》(*Hell's Grannies*)中给美国国家学者学会找麻烦时的那种精神。不过,这些(以及大批其他相似的文章名)在我们所说的批判度和修辞得体上下的功夫还不够。

我本人不太明白为什么带后缀-ize(一化)或-icity(一性)的词就像最鲜艳的红布,总能让保守者们情绪高涨。例如,罗杰·夏杜克在他的著作《坦诚与颠覆》中说:"让我们不要再用正典,或——上帝救救我们吧——正典性(canonicity)这些词吧。"我可想一直用正典性这个非常有用的词呢!对任何单单指责理论语言粗野的人,"理论"家只需指出这种指控背负着古希腊—罗马—英国种族主义(Graeco-Romano-British racism)的重担就能反败为胜,这种做法是正当的。*Barbaros*, *barbarus*, *barbarian*:外国人读这些词时,*ba-ba-ba-ba*,言语不清,结结巴巴,在希腊人、罗马人、英国人听来,他们都是口吃,所以,这些词就被定义为稀奇古怪的外来词,不是我们国家的语言。现在你说我是野蛮的,这一指控会陷你于道德和政治上的险地。如果我是故意培养不一致(dissonance)、混乱(Babelism)、言语不清(glossalalia)、怪怖(the *Unheimlich*)和神秘(uncanniness),把它们看作文本和阅读的本质呢?甚至于我把胡言乱语(*mumbo-jumbo*)看作我的革命性的批判话语的特点呢？亨利·路易斯·盖茨就是这么做的，他承认说，他的目的是颠覆白人帝国主义者的敌对标签，我们可以理解——就像"黑鬼"和"酷儿"这两个词从他们粗心的使用者手中逃脱，再生为可怕的术语一样。

不过，这是个危险的文体游戏——拿拳击手的行话来说，有点儿鲁莽冒失（leading with the chin）。盖茨敏捷地把旧词新用的 *mumbo-jumbo* 从种族中心主义的西方诋毁者手中抢了回来，赞美它是伊斯米尔·里德（Ishmael Reed）的小说《芒博琼博》（*Mumbo Jumbo*，1972）中令人兴奋的非裔美国化的项迪式、乔伊斯式文体风格的精髓——"你的步态舞（Cakewalking）、你的棍舞（Calinda）、你的超荒诞吟游艺术式的妙语连珠（Minstrelsy give-and-take）的前乔伊斯风格戏剧，是炫目的、戏仿的、双关的、调皮的"，可 *mumbo-jumbo* 这个词仍旧徘徊在它轻蔑的标准英语含义——胡言乱语（gibberish）——的边缘。

我不是想说"理论"家们写的东西都是胡言乱语，但他们可以做到差不多这样。比如，读拉康时，你有时会情不自禁地想起他早年是个超现实主义者——曾打着发声的无意识（the vocalized unconscious）的名义公开支持诗歌中的胡言乱语。为了向大师们致敬，男学究青年们也宁愿追求类似胡言乱语（quasi-gibberish）的风格。这成了某些学术圈的职业信誉，成了进入专业俱乐部的密码。这也是为什么许多青年人投给北美现代语言协会的文章题目都在大声地传递一个信息：让我进去吧，我可以像你那样说话。例如，在 20 世纪七八十年代，许多名词被野蛮繁殖的破折号和括号生生劈开，为的是向拉康和德里达的这种喜好致敬。这全都是些没必要的含糊其词的结巴。还有个例子，非常聪明的德里达信徒尼古拉斯·罗伊尔（Nicholas Royle）在他的著作《德里达之后》中结结巴巴地戏仿德里达"结巴"（德里达自己承认了）地谈论萨缪尔·贝克特的（结巴）写作，以作为对德里达满怀爱意的致敬：

> 完全的疯癫。这个时代的疯癫。不一样的光。我死亡，正如我呼吸。愚蠢。绝对怪异。对身份或权威的维护、对自我身份验证（self-authentication）的暴力的合法化的维护、对自我身份验证的暴力的坚持、对稳定写作的"我"的坚持，如果从这些方面描述德里达作品的特点被认为是合适的，那不外乎是愚蠢二字了。什么词？愚蠢。一片废墟。贝克特和德里达，这两个鬼魂——双重的，超过双重的效果，他们和其他鬼魂都一样，——以不同的方式忙活同一件事。如果说贝克特的作品展示了——用博萨尼（Bersani）的话说——"持续不断的谈话策略如何在心理主体缺失的情况下存活"，那么，德里达的作品关注的同样也是克服心理主体解体（deconstitution）的情况，不过是从它们在场的角度出发，从自我存在和自恋（的确如此）的经验入手。例如，德里达在那篇鬼魂似的复调文本《监督的权力》（"Right of Inspection"）中对此谈论很多，他召唤"对自恋的新理解、一种新'耐心'、一种自恋的新激情"。[8]

这个关键"理论"的试金石库——废墟、自我、存在、不在场、主体解体、复调，以及走进"理论"喜爱的自传批评模式（"我死后……"）——全都非常迷人。这不是，当然不是，"完全的疯癫"。但它也不是清楚易懂的,它缺乏清楚易懂是自恋式的、有意而为的,是以故意的胡言乱语小心翼翼地向理论传统致敬。我希望,没有人要求把绝对清楚易懂的风格作为批评写作的必要条件,不过,如果有意为之的隐晦、特意选择的结巴激起了对模糊的恼怒,也不应该令人感到吃惊。

弥尔顿曾因《圣经》评论家把他认为清楚易懂的《圣经》文本加以复杂的多重寓言含义而被激怒。面对一群从"理论"出发的评论家,其中包括最伟大的几位,当年弥尔顿的恼怒又浮现在眼前:

> 到底是什么疯癫,就连改革宗教的成员都在不断地解释、阐明、翻译宗教中最神圣的真理,好像它们没有在《圣经》中言明一样?他们为什么要把这些真理笼罩在形而上学的深沉的黑暗中呢?为什么他们用自己无用的术语、无意义的区分和野蛮的行话试图让《圣经》变得更清晰、更易懂?⋯⋯好像神圣真理本就无比简单清楚的意思还需要被呈现得更清楚、更透彻一样,或者需要以另一种方式,即借鉴一些人文科学最深奥难懂的术语来对真理加以解释⋯⋯[9]

我并不是要说,20 世纪 60 年代以后的理论及其术语都是无用的、无意义的,我绝不是这个意思。正如大家知道的,一方的轻松行话,在另一方看来就是技术术语。当然,外来词和新词进入目标语后,常常会表现得非常自如,能迅速脱去令人生厌的外国气。"理论"传播的一个标志就是,关键术语,甚至是非英语词汇或借译词(*calque*),开始变成非常自然的"本土"词汇(参照美国国家学者学会列表)。所以,没有人记得,或是没有人觉得他们有必要记得,signifier这个词是作为索绪尔的signifiant的美国翻译[出自巴金(Wade Baskin)之手]来到英语中的;也没人注意到索绪尔的*binaries*源自意大利语中铁路线的比喻词*binari*,他经常在瑞士的火车站候车,就顺手用了这个词。他者性(otherness)这个词,我们听得太多了,是谁开启了这个伟大的词? 没人能确切回答出这个无关紧要的问题;没有学生愿被反复地告知*aporia*是希腊语中的修辞术语。原因是这些词全都甩掉了外国气,适应了我们的语言,变得很自然。我在使用"怀疑阐释学"这一短语时有没有致谢保罗·利科呢? 没有,我忘了,也没这必要;现在这个短语和概念在英语中用得很自然;它们属于常规的批评用法,是日常批评行业的工具,而不再是野蛮的外来物。[20世纪50年代晚期,在伯明翰市政厅的楼厅坐席,或是当"下流的早期爵士音乐家"布鲁斯·特纳(Bruce Turner)和他的"现代主义"风格次中音萨克斯管,第一次演奏克里斯·巴伯(Chris Barber)的传统爵士乐队时,常常能听到人们大喊:"来点儿传统的!"可很快,布鲁斯·特纳的歌就听起来很传统了。]不过,现在仍然有人指责"理论"是晦涩的、形而上学的黑化,是迟钝的舶来句法,还愤慨于"理论"腔之野蛮,这些指控之所以顽固不化,也有其中肯之处。

在杰弗里·哈特曼(Geoffrey Hartman)的作品《阅读的命运》(*The Fate of Reading*)较为热情洋溢的篇章中有一部分是这样提醒我们的:拉比说,连《圣经》都必须以"凡人的语言书写"。[10] "理论"的概念乱炖太喜欢玩弄语言学中的胡言乱语和诸如此类的概念了。

6

"种种爵士乐"①? 抑或急剧消失的文本

> 你的声音,如他们所说的爱的降临那样,落在我的身上,
> 像一声不可按捺的"耶"。我的新月城
> 那人们只能听得懂你的言语的地方。
> ——菲利普·拉金,"给西德尼·比切特",《降灵节婚礼》②

爵士乐是即兴创作的,没有限制,有时可直接即兴演奏,因此吸引着所有寻找"理论"样本的人,也吸引着这一音乐的主人,非裔美籍作家、评论家泰伦斯·霍克斯,他是一名爵士鼓手,"梅休因新声"批评文本系列丛书的创始撰稿人,拿《哈姆雷特》即兴演奏出来的重复乐节

---

① 译者注:《种种爵士乐》(*All What Jazz*)是菲利普·拉金一本诗集的名字。
② 译者注:新月城(crescent city)是新奥尔良市的别称;西德尼·比切特(Sidney Bechet,1897—1959)是美国爵士乐音乐家、作曲家。

Telmah 十分可爱。① 他热心地拿爵士乐的即兴表演作为典范，为莎剧演员的即兴表演，为《哈姆雷特》这类文本的即兴阐释，为一种即兴的阅读，提供参照。但泰伦斯拿剧中人物福丁布拉（Fortinbras）的名字玩来玩去——其名中含有法语单词 *fort/bras*（"强壮的/手臂"），对应英语 strong/arm（"强壮的/手臂"），对应爵士乐大师路易斯·阿姆斯特朗的名字 Armstrong——这种做法破坏了这一系列联想，也无耻地刺激了这种联想。[1] 然而，我们即兴表演，沿街卖艺，一边卖还一边胡编乱造，想怎么弹奏就怎么弹奏，自由自在地飞离那原初的谱子，爵士乐手们却认为，这些音符并不是最好的搭配。尽管这一切强有力地吸引着"理论"家，并视之为批评的典范，但这并不完全是一个能够很好地解读文本的方法，不一定能够达到应有或可能有的效果。而且事实也的确如此，"理论"常有害于文本，不仅因为"理论"就文本的存在、本体、本质与本性所建构的模型常出于一种巨大的消极被动状态，还因为"理论"助长不负责任的文本观，以及随之带来的不负责任的文本阅读，以致最后抛开文本的批评。"理论"一直声称在乎文本，称文本是它观照的伟大客体，但"理论"多多少少地忽略了文本。它对文本有限的观照让人失望，或观照得有些荒唐。直白一点儿讲，20 世纪 60 年代以后的理论要么佯装文学客体并不存在，要么就处心积虑地避之不谈，或过分关注以致其窒息而死，这是"理论"对文学客体的损毁。

　　从方方面面看过来，"理论"带来的结果是文本的急剧消失。

　　"理论"把文本一笔勾销了。它驱逐了文本。经典之战的任务是

---

① 译者注："Telmah"为霍克斯的评论文章，是哈姆雷特英文 Hamlet 的逆写。

擦除和抹消那些"理论"看来并不理想的文本,如已故欧洲白人男作家的作品、大部头、经典作品以及与已故欧洲白人男作家有一点半点关系的作品。"理论"在经典大清洗运动里畅快淋漓地大施拳脚。这就是纳粹第三帝国焚书运动的升级版,口号是"上刑!"我一个聪明的美国学生告诉我,他的老师告诉他奥古斯汀就是个已故欧洲白人男作家。好吧,他是已故的,也是个男的,但他不是欧洲人。他和荷马是老乡,北非人。他可能长得像是卡扎菲的表兄弟。还有另一个学生,是位雄心勃勃的黑人女生。她告诉我,格雷厄姆·斯威夫特的长篇小说《最后一单酒》(*Last Orders*,1966)是她学术生涯中所读的第一本由白人男作家写的书。"理论"一直在说,又有一本要从书单中划去了,就像弗雷德里克·克鲁斯(Frederick Campbell Crews)的《小熊维尼很困惑:学生案例汇编》(*The Pooh Perplex: A Student Casebook*,1964)中,利维斯式的人物西蒙·雷塞洛斯一直那样说。这本风趣的书是对20世纪中叶批评现象的讽刺。"理论"的西蒙·雷塞洛斯们都是些敏锐的家用垃圾箱,人形的垃圾处理装置。即使文本免于"理论"的肃清,活下来也是孤苦无依的孤儿。

在"理论"看来,文本是不存在的。从每个方面来讲,文本都不全面。最流行的那种说法认为,文本在情感上是缺失的。文本是匮乏的,甚至文本都不存在。马修·阿诺德自信地定义了文学客体的存在,他曾反复强调批评行为是一种将文学客体看作"它本来的样子"的举动;这一客体存在于常识性的阅读观照中,是寻常的阅读期待,也是寻常的阅读体验,就像我坐下来读一读《白鲸》,去剧院看一看《马尔菲公爵夫人》;就像我告诉我的学生下周我们读《伟大前程》;这一电视剧改编自金斯利·艾米斯的长篇小说《选择一位像你这样的姑娘》；就像我写到德里达的《盲人回忆录》，它可触、可控、可知！然而，在"理论"复杂的凝视下，这一客体被认为转瞬即逝，漏洞百出，零散杂乱，是一团缺场与不存在。尽管它宣称具有完整性，却漏洞百出。它被认为是有缝隙的，像埃曼塔奶酪或一片麦卡诺组装玩具。在《阅读：文学理论中的细读行为》一书中，沃尔夫莱谈及汉斯-约斯特·弗雷在《断裂》（*Interruptions*）中有关碎片化的观点时说："阅读是一种碎片化的经验，从来就是如此。""一些东西是缺失的，这种缺失之处也需要解读。"各类"理论"不仅满足于证明它们钟爱的现代主义文本，如艾略特的《荒原》、卡夫卡的《审判》以及索绪尔的《普通语言学教程》，其中各有可供解释的漏洞，它们还要声称空缺、缝隙、拉康的缺口（*béance*）是无所不在的。在"理论"看来，文本是不存在的，又悖论地认为存在的只是空白和不存在，也就是沃尔夫莱所说的"不透明的空白"。"理论"家可以讨论这些空白和不存在，然而，"讨论的东西看不见、摸不着"。

要抵达上述这种幻觉，你只有通过20世纪60年代以后的理论所提出的种种假设、途径和旁路，比如，后索绪尔主义主张的永恒差异，所谓能指链（signifying chain）具有永恒模糊性的观点，文本乃镜渊（*mise en abyme*）而非场景（*mise-en-scene*），否认在场的理念，对文本边缘和边界及去中心化感兴趣，从完满或普累罗麻（*pleroma*）[①]向其尖端、边缘、空洞、排空等对立面推移，外加对作者、经典性、超越性等的强有力的否定和削弱。除此之外，还有一种错误观念从中作梗，认为

[①] 译者注：普累罗麻，诺斯底主义的一个术语，代表虚无和完满。

现代主义的一些伟大的碎片化文本是最得体的一类文本。其中以《芬尼根守灵夜》为最佳代表,书中的某些地方,文本、旁注、脚注一起用来打破文本的独特性、中心性、确定性与给定性,如从第260页到第308页。这种观念认为,所有的文学实验都应如此,这种写作成了所有写作的终极目标。斯坦利·费什臭名昭著的《本课有文本吗?》(*Is There a Text in This Class?*)就以此作为论证证据,在英语文化(anglophone)语境中,围着这一法语文化(francophone)中的观点打转。

费什在《当你见到一首诗何以知其为诗》("How to Recognize a Poem When You See One")中有一经典场景,被拿来证明诗歌是没有内在本质或特征的:黑板上散布着一串上一节语言学课留下的几位语言学家的名字,有雅各布斯-罗森鲍姆(Jacobs-Rosenbaum)、列文(Levin)、索恩(Thorne)等。费什围着这一堆名字画了一个框,接着,在他的17世纪诗歌课上让他的学生将这些被圈起来的名字当作一首17世纪宗教诗来读,他的学生果真欣然开始阐释,并显示出惊人的读解能力。当读者被告知这首诗是有诗性的,不论这段"诗"料多么不像诗,读者都会从中发现诗性。诗是不必有诗意的。读者自带诗性,将诗性导入文字中,有诗性的诗就成了。诗是一张白纸,或者是一堆中立的名词,诗只有在"阐释共同体"说它有诗性的时候才具有诗性。"阐释不是理解的艺术,而是建构的艺术。阐释者不是在给诗解码,而是在写诗。"然而,文本客体却是实实在在存在的,它由斯坦利·费什写就,他是这首诗真真正正的作者,事实上又由他出版成诗。这是一首诗,费什说,在他所写下的话语周围画上一个标记或一条线,并给了它 17 世纪玄学诗这一独特的文类属性。这恰恰是一首诗的形成过程，被框在框里，被称为诗，就像是被放置于纸张上、书本中，接受读者的阅读。在伊夫林·沃的《邪恶的肉身》(Vile Bodies, 1930)中，当金吉尔(Ginger)的新婚妻子引用了一点儿莎士比亚时，他坚称这是来自"某本蓝色诗集"中的诗，所以它一定是诗。费什用粉笔将名字框起来的行为，像一本"蓝色诗集"一样，将他的诗定义为诗。这些名字不是在学生们阐释之后才有了自己的含义，而是在它们没有被写在黑板上之前，早在学生没有走进教室之前，就拥有了各自的含义。学生们充满智慧地阅读这首诗，对这些名字中呈现的智慧做出反应，对它们的可理解度、不同名字的组合、名字的形式以及老师告诉他们这一短小文本所属的文类——做出反应。学生们反复演奏即兴段，自由发挥，因为你要记住，阅读就是爵士乐演奏。但是学生们沿街卖艺靠的可不是"空气"(nothing)。

因为用李尔王对考狄利娅所说的话来说，"空气只能换来空气"(nothing will come of nothing)。"毫无意义"(fuck-all)是没法拿来即兴演奏的，借用金斯利·艾米斯攻击现代爵士乐的诗歌中的话，那就"告别布鲁斯"了，"没有调门，没有小节，可怜的布鲁斯，靠'毫无意义'来即兴演奏"。即兴演奏起码需要一个主旋律，一个主题或者和弦作为基调。自由爵士乐与其说是即兴演奏不如说是创作。费什的插曲只能证明一件事情，那就是，作者的意图无法对阐释构成限制，也就是说，费什不能预测他的学生将对他的小诗进行怎样的阐释，其他作家同样不能。[2]

雷蒙德·塔利斯(Raymond Tallis)是所有 60 年代以后的文论家

所憎恨的医学和文学理论家,他曾援引一条医学名言说:"很多件逸闻趣事都构不成事实。"³ 而费什却拿一件逸闻趣事当作事实,而且一生都拿它来即兴演奏。华兹华斯的全部含义是"很多业内人士"生产的"产品"。"语言密度与语义密度不是诗歌所张举的,而是读者催生的。"⁴ 诸如此类的言论由此而生。费什靠着肆意的短浅目光,对文本"客观性"看似聪明却毫无价值的定义,在"理论"界大获全胜。他非常擅长与空心人打交道呢!

> 文本的客观性是一种幻觉,这种幻觉很危险,因为从外表看它是如此真实。一行铅字或一页书明明白白地在那里,可以拿,可以拍照,可以放到一边去,好像是一个我们由它所联想到的价值与意义的大仓库……这是"内容"一词背后不言而喻的共识。一行字,一页书或一本书,包含一切。⁵

他不断劝我们不要被一首诗或一本书的外表所迷惑,不要忘记阅读是一项能动的事宜。可是有谁曾忘记过这件事呢?有谁真的以为诗歌存储了一些内容,需要我们予以简单的萃取?或者以为诗歌都是一个套路,一种样式,对所有读者,在任何情况下都不会发生变化?没有人认为不断对文学经典——甚至是最简单的韵律或歌谣——进行新的解读有任何意义。然而,否定诗歌内容的内在含义或先于读者的含义,就是违背所有的语言逻辑以及阅读史上的证据。巧妇难为无米之炊。我们必须从某物或携带某物出发。文本常变得碎片化,充满空缺,字词不定,版本众多——比如《荒原》这样的诗歌、《李尔王》的两个版本、《以赛亚书》的两个版本、德国历史批评法用一大排字母标注的不同版本的《创世记》《哈姆雷特》这样的剧本（讨论形容哈姆雷特的肉体的那个词到底是 solid，sullied 还是 sallied），以及你碰到的各种糟糕的诗歌评本，它们的版本各异，有时甚至差异悬殊——如果因此就否定客体的存在地位，否定确定且必要的给定性，就是错误甚至愚蠢的行径。文本的不确定性，甚至极度不确定性，并不代表它"什么也没有"（nothing）。文本的不同版本不是意义的缺失，恰恰相反，不同版本产出了额外的意义。〔关于版本增多带来的意义丰富性，仅举一例，如杰克·斯迪林格（Jack Stillinger）的《柯勒律治与文本不确定性：重要诗歌的不同版本》（1994）。〕

　　没有文本给定性的依托，仅仅以为阅读是自足自立的，那阅读不成其为阅读。与此反着说的"理论"都是误导性的，事实上具体的阅读实践自会削减这种"理论"的说服力，甚至是用来证明文本缺场的文本本身就是文本在场的最佳证据。斯坦利·费什的论述可以展开，是由他那首小诗的真实存在所赐予的。沃尔夫莱那套文本缺场的论述说辞能向我们展现出来，靠的是文章，他选来用作新实践批评的短小文本。德里达有关文学客体的缺场思想，是通过阅读卡夫卡在场的碎片制造出来的。被认为代表缺场的小说，比如卡夫卡的《法律门前》（《项狄传》也是常被引用的例子），要活生生地出现在那里，才能开始证明那些文本消弭、文本抹除之类的东西。《项狄传》的那些空白页、黑色页，是缺场的伟大能指符号，都是昭然若揭的在场之物。如果这都是缺场，用沃尔夫莱的话说，那真是"不透明的"了。

　　怀疑文本的存在性的做法各种各样。由于一些"理论"家积极地否定文本的存在，其他人就会积极地跟着否定，他们把批评的精力和注意力围绕在本来可以证明文本存在性（常识）的地方，正是在这些地方，他们把对文本存在性的怀疑表演了出来。新历史主义对这种绕道之法异常稔熟。"理论"对文本的重新关注，成了一种故意为之的忽视，且业已形成一套精致的操作方法。我们都知道文本是充满含义的所在，这些含义却被熟练地避开了！文本成了需要立刻转移注意力，重新分配阅读精力的场所。结果是，打着重新解读的旗号，假借经典文学文本的名义，将阅读注意力转移走，避开了本该关注的地方，转向一些号称类似经典的、当代或新近一点儿的文本上去，这些文本往往仅是记录性的，其不具备文学性，也不具有虚构性。被关注的其他文本一般来说充满了历史的、社会的和人类学的旨趣，特别是那些自下而上的文本，在这样的文本中，被剥夺应有权利的人、被边缘化的人、造反者、越界者都是"无力发声"的人，他们的声音被由传统、官方权威、教会、国王、帝王等控制的优势言说者所张举的宏大叙事遮蔽或消除了。对这些声音的关注，对于了解文化的过往十分重要，其中福柯、法国史学界的年鉴学派，以及 E. P. 汤普森所引导的马克思化的英国社会区域历史运动，都起到很大的促进作用。将文本从巨大的孤立状态中解救出来，将其置于它们被种植以及生长起来的时空和意识形态当中，我要说，这是很重要的。所有的文本都有着非常复杂的相关语境。比如说，当你将莎士比亚的《亨利四世》与有关伊丽莎白时代弗吉尼亚的殖民者的材料比照着阅读，或者将《第十二夜》与当下对同性恋婚姻、跨性别和雌雄同体的讨论比照着阅读，或者将《李尔王》同当下对罗马天主教驱邪仪式的谴责比照着阅读，你会在知识上、理解上获益良多。这些都是直接取自斯蒂芬·格林布拉特的一些具有影响性、启发性的案例,他是新历史主义的创建者和集大成者,是新历史主义这一名词的缔造者。格林布拉特一直强调,这种语境化的做法并不仅仅涉及过去所说的文学"影响"和创作"源泉"的问题,尽管这种可能性一直盘旋在讨论的语境中。"我把医疗与剧场演出联系起来,并不是出于因果关系或灵感的文学实现的考虑。我探讨的是一组共同的编码、相互联系的转义和比喻修辞,这种修辞不仅仅充当客体,也是再现的条件。"就这样,格林布拉特将"理论"语境化,盘旋在《第十二夜》的上空。

这类批评的来源不言而喻,那就是老马克思主义者的捕鸟夹子,他们强调的文本生产的语境,是混杂了新形式主义者的社会编码学说。这一混杂的做法来源于后结构主义的马克思主义者罗兰·巴特的《S/Z》(法文本1970,英文本1974),此外,福柯认为话语(社会的、文本的、文本间的)都是文本内的、修辞(转义与比喻)的,对这种说法的拥护也对上述批评有影响。这种"理论"能勉强存留下来不是对个人的嘲弄,也不是对集体的讽刺。然而最明显的结果是,《第十二夜》本身的地位下降了,注意力被从这一文学文本转移到了那个时代的其他文本上去了。这部剧之前被认为是英语文学中的杰作,值得把注意力关注在其"本身"之上,相比其他的文本,它是个大文本,围着它的其他文本则只是补充,是附属之物,一般来说可以提供些信息,但顶多算是它的朝圣者和效忠者。而如今,这样一本杰作却完全被归入了语境中。它的"文本痕迹"(格林布拉特钟爱此术语)被吸收到文艺复兴时代更宏大的文本痕迹中去了。[6]

这样的批评可能会满足一些评论家可敬的民主情愫,安抚他/她不知从何而起的对傲慢专横与帝国主义的反抗欲望,可能当他/她们围着一件巨大的文化成果时,这种欲望就油然而生了,这种反抗欲望也是可以被理解的。将掌权者从他们的职位上赶下来在政治领域有其一席之地,尽管这在文化政治领域并没什么价值。这种对我们所说的审美作品的政治优势(*timocracy*)的反抗,是对读者经典判断或偏爱之书的筛选方式的公然违抗。这些书被读者厚爱是因为读者意识到一些作品优于其他作品,尽管其优秀之处各不相同。[7]《第十二夜》这类的作品受到了指控,说读者关注这本书,是因为它们可以凭借自身的政治优势,击败成群的对手,从读者的视野中脱颖而出。不论我们是否认同这种指控,一个清晰的事实是,格林布拉特的分析以及其他人与其方法相似的分析,把《第十二夜》降格为读者注意力的客体。一位看向别处的读者,一种在方法上、实践上看向别处的阅读,就这一瞬间,至少就这一批评的瞬间而言,显然没有关注《第十二夜》本身。这种阅读的策略是注意力涣散式的策略,它连夹叉法射击都算不上,夹叉法射击至少会瞄准既定的目标文本。它只是慢慢坐下来,从其一侧将其一点一点击破摧毁,以此靠近文本。就新历史主义的批评方法而言,尽管一直引用其批评对象,但事实上,其对批评对象的感知却是枯竭的。在这一阅读场景中,批评对象四处散开,批评成了无中心的绕圈圈和攀附。这是对"没有外部文本"的扭曲:一切都是外部文本,每个文本都是语境。

当然,在这些讨论中,常常谈及将如今极其有趣的语境与曾经极其有趣的文本结合在一起的桥梁、跳板和连接物。格林布拉特也对此提出反驳,认为这种方法类似"渐进炮火"(指逐渐接近目标的炮击,通常在攻击步兵之前),这些炮火实际上是哗众取宠,甚至作为一个军事术语,"渐进炮火"也相当可疑,因为射击者与打击目标之间有着惊人的距离。"可能有人会反对",格林布拉特说了一个显然易见的事实,"荒诞地把这些情形",如《亨利四世》(上篇)中哈尔王子(Prince Hal)对酒馆行话的解释,类比为托马斯·哈里奥特(Thomas Harriot)在《有关弗吉尼亚新地简短的真实报道》(*Brief and True Report of the New Found Land of Virginia*, 1588)中对阿尔冈昆人印度语的解释。但莎士比亚的"戏剧本身就是与其他社会事件密切联系的一种社会事件",这样格林布拉特就有借口,从一本描写弗吉尼亚殖民地的书,一步跨到与伦敦的小酒馆有关的戏剧上去了。然而,这样的基本原理实在太蹩脚了。尽管在莎士比亚的戏剧出现的那个世界里,它是一个社会事件,然而这并不代表它在那个世界的每个地方都出现过,或者与同时代的每个文本都有亲缘关系。当然,哈里奥特的书并不算一本老书,但也确实很老了。选择这本书来作比较,就算不是绝对的任意为之,也差不多了。这就使得格林布拉特所界定的语境近似胡闹,比如文本框架、文本基底、文学生产条件、共同的转义与比喻修辞等。这是一种疯狂的语境化,联系得太过随意,太不专业,是一种愚蠢的认识论。总之,它过分着迷于无边界的可能性。"本文开始,我将从文艺复兴之后很久谈起":格林布拉特就这样开始了对于李尔王与考狄利娅断绝父女关系的解读,他这里所讲的是由牧师、浸信会主事、布朗大学早期校长弗朗西斯·维兰德于1831年在《美国浸信会杂志》上发表的有关规训叛逆孩子的文章。历史与阐释的缺口已开得太过宽大。语境的边界已经消失在可能的相关性与有益性的边缘。这就是一个讲述专制的父母与被规训的孩子的古老案例。随着对《李尔王》本身的冷落,随之冷落了一个文本有意义的语境以及有用的历史化解读,但更重要的是,它也忽略了《李尔王》这部剧(它也是很多部剧)的重要性。

然而,冷落经典文本,将批评视线从它身上转移,正是这一高度"理论"化了的批评方法的本意。"穿着四个轮儿的滑冰鞋,你永远到不了天堂",就像儿歌唱的那样,因为"你会直接滑过那些珍珠之门"。格林布拉特的方法,就是穿着滑溜溜的滑冰鞋做"理论"化的阅读,这会让他风风火火地错过珍珠之门。这儿是实实在在的文本——《第十二夜》《亨利四世》(上篇)、《李尔王》,但是现在,读者的视野转向了其他的文本。动作从舞台中央转向了舞台两侧,这一转变是向文化研究的靠近,而在文化研究中,文学文本的地位仅仅是诸种文化形式中意指行为形式的一种。新历史主义批评,同文化批评的一些领域一样,转向的是一些有趣的事件本身,以及一些语境价值越来越大的事件,这可以让读者获得一些历史信息。然而,这种转向严格来说主要还是注意力的分散。格林布拉特的文章《焦虑的培养:李尔王与他的子嗣》,之所以取这个题目是因为文章分析了美国浸信会牧师弗朗西斯·韦兰(Francis Wayland),他与李尔王有着类似的家庭矛盾。[8]

因此,有的文本灭亡了,是因为文本的真实存在被否定;有的文本灭亡了,是因为对文本的注意力被转移;有的文本灭亡了,是因为过度的阐释导致,这样的阐释凝聚了读者过多的善意,遭受了读者太过沉重、让人窒息的拥抱,层层累累的阐释把文本赖以建立的自身都给掩埋掉了。

　　当然,强壮的文本,即有政治优势的文本,经得起各式各样的解读方法,受得住各类阐释学的揉搓,只有这样的文本才成了文学经典,这种品质将它们推向经典的前列。经典成为经典,大部分是因为它们有着可供重读的潜能。[9] 伟大的经典的确蕴意丰富,是多义性的大号聚宝盆,是全能的意义场,是文学购物者的大商场。一些语言转向的基本假设是对增殖阅读可能性、繁衍阅读可能性的明显回应与记录。激烈反对"单义性",重新拥抱"多义性",不断重复罗兰·巴特将仅仅可读的文本(枯燥、落伍、缺乏想象力、懒惰、闭塞的阅读想法与行为的证明)与可爱、无穷尽的重写的文本(开放、自在、无比自由)对立起来的做法,这一切都成为美国结构主义之后批评家为不断盗用文本而张举的批评宣言与通行证的样本。至少,从最积极的角度看,这些举动发掘了伟大文学作品身上阅读与重读的潜能性。(尽管在当下,一些亢奋状态显然是具有误导性的,好像只要阅读就可以进入崭新领域,但是,在阅读史上,我还没有发现谁将一元的意义和单义性的文本视作理想和成就的,除了一些神圣文本如《摩门经》的支持者,一些20世纪30年代苏联现实主义批评家,以及斯威夫特的《格列夫游记》中的慧骃国人。这些人的理性简直就是个噩梦,它不能理解歧义与晦涩的语汇,对语言的纯洁度与敏锐度极度痴迷,这其实是斯威夫特对托马斯·斯普拉特大主教和成立不久的英国皇家学会的嘲讽,因为他们试图实现"语言的数学式的平实"。他们这种做法无疑是对17世纪《圣经》秘法家、寓言家的反抗,因为后者含沙射影的书写指向了查理一世。)单义性是20世纪60年代以后空心批评家的另一主张。

20世纪60年代以后的理论因瞥见了尼采式的应许之地而兴奋不已。那里充满了能指符号无休止的游戏、无休止的复调,但他们在这一领域走得太过了。这一时期的"理论"很大程度上是受达达主义者、超现实主义者的前历史拖累,这些主义的根基是偏好语言偶然性、双关和口误的美学与语言学,它们青睐维多利亚无厘头作家,将简直到处都是双关语的《芬尼根守灵夜》视为现代文本的典范。一些很有影响力的"理论"家的家族记忆也拖累了这一时期的"理论",他们像传统犹太拉比一样对待律法与先知文本,对卡巴拉教义和对《圣经》故事的米大示①痴迷不已。20世纪60年代以后的理论诞生于后—犹太—基督教世界,在这个世界里,巴别塔"混乱的语言"(confusium of tongues,语出《芬尼根守灵夜》)与通灵混沌语②被抓来用做文本语言与文本的典范。弗洛伊德很有影响力的梦的文本形成了一股"理论"热潮,这也是从同样的《圣经》聚宝盆里出来的。[10]这一梦的文本不断繁殖它黑暗的说法,将阐释者一点点拖进梦境那不可探究的意义"镜渊",这一镜渊最终是无法把握的,这种说法要归功于拉比传统(我们视它如神圣的文本,这就是弗洛伊德对自己的阐释作品的经典描述)。犹太/基督教的《圣经》有着反复重读和米大示的潜能,因此它成了永葆鲜活生命力的经典。然而当《圣经》的阅读模式被拿来用作所有阅读的模式,《圣经》的阅读

---

① 译者注:米大示(midrash)是犹太人对《旧约》的解释,释经者运用丰富的想象力对经文加以引申,使经文所描述的事更加生动传神。

② 译者注:《新约·使徒行传》记载,使徒在五旬节祈祷圣灵降临,当地人的方言(glossalalia)以舌状的火焰从天而降,落在使徒身上,使徒于是会用方言传播福音。语言学里译为"以舌音祈祷"或"说方言"(Speaking in Tongues),与失语症不同,说 glossalalia 是种暂时的精神状态,指流畅地说类似话语般的声音,舌音明显,但言语不清,发出的声音一般没有人能理解。这里译为通灵混沌语。

史成了整个阅读史危险的先兆,布鲁姆、德里达、伊曼努尔·列维纳斯、勒内·吉拉尔、米歇尔·塞尔、沃尔特·本雅明及其他众多学者均实践了这样的阅读模式。[11]世俗文学学者将《圣经》重新发掘为一种强势文本,这是20世纪60年代以后的理论的主要成就。但当于迁·沃尔夫莱在他的《语词之外:塔木德阅读与讲稿》(*Beyond the Verse: Talmudic Readings and Lectures*,1994)一书中,将伊曼努尔·列维纳斯的拉比式做法继续向前推进的时候,我们必须要有所警惕:

> 这种说法……超出了它的本意;……它能表达的多过它想要表达的内容;它包含着比它所包含的还要多的东西;……或许,在句子的句法结构中,在它的词组中,在它实际的语汇、音位、字母中,在所有一直有所指涉的表达材料中,一直锁着无穷无尽的意义的盈余。注释可以将这些符号中因被下了咒语而郁积在字母之下或蜷缩在文字文学之中的意义解放出来。

把文本看成无穷无尽的意义的盈余。列翁·布洛瓦①将《圣经》的"绝对文本"视为所有文本的典范,要像阅读《圣经》一样阅读所有文本,要从上到下、从左到右、边边角角地阅读,要像研究数字符号学和阅读离合诗歌那样阅读。博尔赫斯看到布洛瓦的阅读方式,便意识到这是很恐怖的做法。没有人可以有意写出这样的文本,只有上帝可以,因为只有在"神创作的作品"里才会没有偶然为之的内容。[12]

---

① 译者注:列翁·布洛瓦(Leon Bloy,1846—1917),法国小说家、散文家、诗人。

索绪尔的语言学是20世纪60年代以后的理论的根基,它致力于披露欧美诗歌中的离合诗式的意义,把它们看作所谓的字谜游戏。这委实让人不安。索绪尔确实已经放弃去证明作者的姓名等被加密,并深嵌于经典文本之下的做法,因为这根本行不通。然而,"理论"家们非常愿意去声明,作品中包含着意义隐晦的含蓄美景。保罗·德曼称赞"热衷于字谜游戏的索绪尔"是解构的先驱,芭芭拉·约翰逊也随声附和。一位法国批评家曾经兴奋地说,索绪尔的字谜代表的就是文本解构观的精髓:模糊的多样性和彻底的不可判定性。他忘记了,索绪尔实际上从未为这些潜层含义的真实存在找到足够多的证据,真正存在的是"理论"家们利用这些潜层含义的存在来证明文本不确定性的需求。[13]索绪尔促成了一股跃下无底的通灵混沌语的深渊的潮流,而茨维坦·托多洛夫却发现索绪尔对通灵混沌语有着令人迷惑的信仰(当索绪尔被叫来调查史密斯案时,他认为,史密斯小姐,那个在日内瓦出名的灵媒师会说一点儿梵语,而且可能像她说的那样会说火星语①),似乎毫无疑问的是,这帮助他逃离了那股盲从之流。[14]

将这样的语言之谜当作所有语言与写作的典范,要花费多大代价才能阻止各种各样的解读呢?20世纪60年代以后的理论在最为猖狂的时候,甚至兴奋地避开了阐释需要有限度的理念。德里达说,所有的文本都溢出了限制它们的边界;弗兰克·克蒙德(Frank Kermode)认为,没有什么可以不让你说出你就某个文本"喜欢说的任何话"。这

---

① 译者注:海伦娜·史密斯(Hélène Smith)是19世纪晚期著名的法国灵媒师,被人称为"招魂自写缪斯",超现实主义者认为她是超自然力存在的证据。她晚年自称可以与火星人交流,是印度王子的转世肉身。索绪尔曾对她通灵的语言做过语言学分析。

一切都太诱人了,让人觉得不容错过。[15]

　　作品的意义不止一种,所指的范围也可能很广泛,可能没有绝对的固定性,这样的看法是有益的;然而这样的看法很快变成了法国字谜崇拜者所谓的彻底的不可判定性的论调,这种论调很快又成了文本意义根本无法确定的观念。按照这种观念,事事可为,没有理由说哪一种解读是错的。那么你要做的就是往已有的那一堆解读上增添自己的见解,不论你的见解多么荒诞不经,都不会有损于文本,免费游戏玩一下嘛!波兰历史学家伊娃·霍夫曼(Eva Hoffman)秉持的就是这种"完美无瑕的后现代观念":"我可以以我喜欢的方式解释任何东西,我想让它是什么意思,它就是什么意思。"[16]这是一位腐朽的艺术操控者在鼓吹腐朽的口号,而20世纪60年代以后的文学理论家四处宣扬的就是这种口号,它大大腐蚀了读者的阅读行为。

　　这样的腐败例子太多了。我们仅以著名的爱尔兰诗人、牛津大学诗歌教授、普林斯顿大学人文学院的"霍华德·克拉克讲习教授"(Howard G. B. Clark Professor)保罗·马尔登(Paul Muldoon)为例,看一看他是怎么让文学拥有他想让文学拥有的含义,怎么拿着"理论"的通行证宰割诗歌与故事的。马尔登在牛津所做的克拉伦登讲演,是有关爱尔兰书写与想象的大杂烩,整个演讲被可笑的自由联想彻底玷污掉了,看得见的只是些浮动的能指符号。马尔登在阅读一部作品时,只要他想看出一些编码,他就真的能看到。爱尔兰和爱尔兰作家们组成了一棵巨大的家族树,这棵树是依靠各种古怪牵强的语汇链和双关横行的锁子甲链接起来的,这些链接物都与树、爱尔兰的树以及爱尔兰语言文字树相关。(毕竟,爱尔兰的阿尔斯特省曾是个种植园①，而英语是嫁接到爱尔兰语上的。）马尔登解读了伊丽莎白·鲍恩的小说《托马斯·克雷恩们》，在爱尔兰语中，克雷恩（crann）指的是树。塞缪尔·弗格森爵士曾被称为"长老会一支精良的老股票"，约翰·休伊特被称为"卫理公会一支精良的老股票"，在休伊特的诗里，野蛮人砍伐树木。弗格森与休伊特唯一的关联在于他们都是阿尔斯特种植园中"精良的老树干"。②弗格森在一首诗中提到一位爱尔兰芬尼亚勇士在都柏林的格拉夫顿大街上没有"任何东西/要去隐藏"。格拉夫顿（Grafton）：啊，不就是嫁接（graft）上（on）的意思嘛！于是，马尔登继续往前冲，带着满腹冲动与无端的豪情，将他的意思嫁接到其他地方。"'任何东西/要去隐藏'恰好让我想起道格拉斯·海德（1860—1949）的事情。"海德曾写过一篇《论去英国化的爱尔兰的必要性》，所讨论的是一些试图用英语创作新爱尔兰文学的爱尔兰青年作家。海德说："这是最伟大的尝试，然而如今爱尔兰之树的老树皮刚刚被剥掉，树干并不像我们想的那样习惯一张新树皮。"马尔登说："我们懂得海德使用了嫁接隐喻，尽管树干的表述好像有点儿不准确。"好像不准确？确实是有些不准确。很明显，海德把嫁接（往旧树干上增加什么）与软木塞的生产过程混淆了，只有在软木塞制作过程中才会有剥掉旧树皮，树木生出新树皮取代被剥掉的树皮，但你绝对不会在嫁接时"剥掉"旧树皮。他又继续讲述着，把自己的意思嫁接到旧诗歌、旧故事中。在格里高利夫人的《诸神与战士》（Gods and Fighting Men）中：

---

① 译者注：plantation 既有种植园又有殖民地之意，阿尔斯特曾是苏格兰与英格兰的殖民地。
② 译者注：stock 既有股票又有树干的意思。

"迪卢木多从树的高枝上站起来,持着矛柄(shaft)轻轻一跃(light leap),落在芬恩与芬尼亚骑士团前方的草地上。"这在(詹姆斯·乔伊斯的)《死者》中被改写成"街灯散出的光(light)""一束束(shaft)落在地上",这光是加布里埃尔/迪卢木多向格丽塔/格兰尼散出的。格丽塔在格雷舍姆酒店时就是在光束中亮相的:她慢慢从镜前回转身子,沿着一束束光走向他。17

全都是这种乱七八糟的东西。这是在满怀恶意地苛责(shaft)文本。马尔登将这种对乔伊斯的转轨(shunting)与引用称为"混合书写"(Conglome-writing)。如此一来,这类批评就成了"混合阅读"。这种批评似乎极有道理,但它让人想起传统文学批评中的猜想,比如在莎士比亚等注释本中就常出现对猜想的评点,20世纪60年代以后的理论一切皆可的许可法赋予了这种做法合法性,从而使之复兴了。马尔登以如此自由的联想方式对文本信手涂抹,整个演讲中,没有人站起来反对他。我想,文学"理论"指导下的阅读奉行的是随意书写的标准,听众们毫不反对,大概就是因为他们太过习惯于这种阅读了。这种解读"不过是说语言没有'固定的'含义":杰弗里·哈特曼对这样的书写倾心不已,他成了语言学转向中,对解构主义阅读最狂热的希伯来语即兴诗人。① 更要命的是,马尔登并不是"理论"派的正式拥趸。他这种过分的解读方式表明,哈特曼所谓的结构主义主张的"无所顾忌",已经走入我们这个时代的日常阅读行为当中了。其结果自然是

---

① 译者注:哈特曼著有《荒野中的批评》(Criticism in the Wilderness),此处狂热(wild)一词也是荒野的双关。

无所顾忌的阅读,甚至哈特曼有时也担心他所说的文字游戏的"多样性"会因"太过严重而自行毁灭"——"多样性"(plurisy)是胸膜炎(pleurisy)的一种拼法,这一病症会让人窒息,就像马尔登和哈特曼那样的多才多艺所展示的那样,最终会致人死亡。[18]

I. A. 理查兹在《实用批评》(*Practical Criticism*, 1929)中讲述了他在剑桥大学的阅读实验,据手头的诗歌创造"自己的诗歌"是他的学生常犯的错误。太多聪明的读者有着侦探的想象力,他们并不是仅仅去阅读,而是制造"诗中并没有体现的"意义,这些意义"仅仅反映了读者自己在诗歌表面的主题基础上创造类似诗歌的尝试"。"好像读者自己的所谓的诗——'有的有点儿样子,有的不成体统'——是一层厚厚的介质围着读者自身,常常干预读者与诗人之间的交流。"[19]理查兹自信地认为,一些批评可以保留,其他的需要去除。这种自信看上去有些落伍,因为如今"理论"一统评论界的领地,它甚至有些让人觉得惊奇。

"理论"家觉得自己谁的也不欠,他们会说,写自己的诗有什么问题吗?这难道不是一种阅读行为吗?幸好并不是每个人都赞同这种说法。安伯托·艾柯(Umberto Eco)就极力反对他所说的"过度阐释"(我对他的看法表示强烈的赞同)。"我承认一个文本有多种含义,但我不认为一个文本拥有所有的含义。"此说大致是用来反驳理查德·罗蒂的。"事实上不是什么都行得通。"煞有介事地表演就是一种偏执症。一些关联是"不可能的"(这样的解读一定是错的,一些关联是"疯狂的")(想想马尔登……)。艾柯说,如果所有批评家都是对的,那么他们就都是错的。[20]吉拉德·格拉夫(Gerard Graff)称人文学科的这种状态为"失重",他指的是 20 世纪 60 年代以后的理论热,那种"诗人与评论家想说什么就说什么的合法行径",与韦勒克对美国"理论"家"自顾自搞哲学"的指责一样。[21]

拉康可谓是一个有点儿狡猾有时甚至狂野的分析者,但就连他也知道,并非所有分析都站得住脚,在未失重的心理分析界,真实的病人有寻求真实答案的真实需求,没有这种确定性怎么可以呢?"阐释并不对所有意义开放。"有人提出可以任意地"将梦中的一种能指符号与另一能指符号联系起来":自由摆弄能指符号,那些没有固定所指的能指符号。拉康反对这些人的做法:

> 这就是要对那些反对分析阐释中的不确定性的人表示让步,所有的阐释都是可行的这类说法显然十分荒诞。我确实说过阐释的效果是在主题中隔离出一个核,用弗洛伊德的话来说,是一个"无意义的核",然而这并不代表阐释本身是可以胡说八道的。[22]

反对之声还有很多,然而在"理论"家中间,并不常听到这种警示。"理论"时代有一个特点,"理论"家挑选大师之言并予以拥戴。德里达一直不停地抱怨这种挑挑选选的心态。而一旦这些理查兹所谓的"套板观念"(stock notions)被"理论"家拥戴,这些观念就会一直牢牢地占据他们的内心,即使其原持有者都已改变了看法,"理论"家们也不会动摇。因为德里达或者谁说过"怎么都行",这就成了"理论"套板观念中最牢固的一种观点。我最后主张读者要有鉴赏力(tact),这不仅仅要求读者尊重文学文本的完整性,不要耍弄我在本书中讲过的那些让文本消失的伎俩,要让文本自己发声,也希望读者可以认真分辨"理论"家到底在讲什么。

7
虐待文本：抑或废除套板反应

　　J.拉康　人们希望因为种种原因被爱——不仅像笛卡尔所说的，仅仅因为他的自我，也要因为他的发色、他的怪癖、他的弱点等被爱。

　　O.曼诺内　说这句话的不是笛卡尔，是帕斯卡尔。

　　J.拉康　笛卡尔曾写过一段话，讲到自我的渐进净化超越其所有具体的品质。不过你说的也没错，帕斯卡尔带我们超越所有生物。

　　O.曼诺内　他曾明确地说过这句话。

　　　　　　——《拉康研讨班（卷一）弗洛伊德技术论文1953—1954》

　　2001年5月15日，我收到一封美国一位高中生写来的"请君乐善好施"（cast-your-bread-on-the-waters）的邮件，她想就如何写一篇有关《呼啸山庄》的文章向我寻求一些意见。她班上的课程任务是寻找这本小说里存在乱伦情节的证据。然而,《呼啸山庄》里没有乱伦这回事。但是想到流行的观念认为每个家庭里都一定会有乱伦,那么小说中也可能有;现在流行的心理治疗法、虚妄记忆综合征等都持有这种观念。艾米莉·勃朗特小说中的孩子们走得这么近,他们的家庭又是如此功能失调……而老师会担心性虐待事件的发生,议事日程、家庭生活意识形态中都会有所涉及,加上一些"理论"化的文学实践,例如最近一本酷儿研究的大部头就采用这样的批评法,这本书叫《性丑闻:维多利亚小说中的私密》(*Sex Scandal: The Private Parts of Victorian Fiction*)。[1]于是,老师脑中便萌生出《呼啸山庄》可能存在乱伦主题的想法。老师最初或许是从她/他的某位大学老师那里了解了这个观点。这样的阅读是未经思索的,它直接来自"理论"的书架,根据陈旧的固有"理论",做出套板反应(stock responses)。理查兹在《实用批评》中轻蔑地说:"读者心中的情感、观点都是现成的……按下按钮,作者的作品就报废了,因为那张唱片立刻开始自顾自演奏起来,原本的诗歌却被放在了一边。"理查兹在《实用批评》中反复证明,套板反应是坏的阅读。这个例子表明,套板观念引领下的阅读所带来的是对文本的虐待。

20 世纪 60 年代以后的理论在批评的书架上堆满了可怕的套板观念,这些观念满是偏见和误判,最终变为偏见性的阅读。任何时期的误读,毫无疑问,都是由猜测文本内容的固化观念导致的;任何时期的不良阅读,常常只是把个人的观点强加在文本上,而不在乎文本中的真实内容是什么。(当然,我的观点假设文本中存在实实在在的内容。)阅读的意识形态一直都是存在的,就像我说的,这些意识形态对读者与阅读来说甚至是不可避免的。但在"理论"时代,阅读意识形态繁衍旺盛,数量过多,结果造成比以往任何一个时候都更多地扭曲了阅读。"理论"家的确在误读文本,且规模庞大。"理论"指导下的读者太过频繁地走入歧途。很显然,"理论"使阅读变得扭曲。"理论"对文本本义施行暴行。总之,"理论"的阅读唱片十分糟糕,而"理论"家提供了无数处理文本的不好的范例。

我认为,如此多的"理论"天才从不被认为是文学评论家,且不被当作寻常意义上的文学史家,并不是偶然。不论是弗洛伊德、拉康,还是德里达、福柯,他们的确阅读广泛。他们的做法一般来说也是被视为阅读与重读,如拉康阅读弗洛伊德等。[2] 但是,他们的阐释行动的首要目的却不是为了理解文本的文学性,他们只是恰巧涉及了文学性而已。马克思读《鲁滨逊漂流记》,弗洛伊德读霍夫曼,德里达读乔伊斯和卡夫卡,拉康读《哈姆雷特》或者坡的《失窃的信》,这些都是文学批评中所说的附带阅读(incidental reading),其首要目的是要证明这些文本在心理分析叙事、解构等更宏大的叙事中的位置。这些都是症候式阅读,而非针对文学特质的阅读。这就是文本在阅读领域的功能,这也是昆廷·斯金纳(Quentin Skinner)所谓的宏大"理论"(Grand Theory)所推崇的。[3] "理论"向来忽略文学文本的特质,难怪这些特质得不到分析。这种心不在焉或心在别处的做法给担负着阅读责任的人做了坏榜样。还有人推崇阅读就要不求甚解,这种说法助长了上述的糟糕阅读行为。

有一种重要"理论",鼓励读者按自己的心意,在文本丰富而可爱的空白空间里,在文本裂隙和缺口处,随意地即席伴奏。罗兰·巴特称之为文本"鼓舞人心的多元性"(triumphant plurality),这种多元性下的阐释不是"赋予文本一种意义",而是"恰恰相反,欣赏其一切构成部分"。[4]这相当于流行音乐中重复伴奏(vamp)的歌手,可以按照乐谱上标记的指令语"重复伴奏直到准备就绪"(Vamp til ready),也相当于吉尔伯特和格巴①所指的作为蛇蝎美人或荡妇的读者,她们不被父权制捆绑,可以将无限的女性欲望投射到不具确定性的文本上。[5]换句话说就是,尽情虐待文本吧,享受一切,管它什么文本。哈罗德·布鲁姆认为阅读史与文学史是一个必要的误用过程,这一颇具影响力的观点与文本虐待是一致的。众所周知,他认为青年诗人要获得成功,只能通过对强大的文学前辈展开狂暴的扭打,歪曲其用词,予以狠狠轻视才可以做到。如此一来,所有阅读都是虐待性的。菲利普·刘易斯(Philip Lewis)提倡一种僭越的翻译(traductio abusive),这得到了辛西娅·蔡斯(Cynthia Chase)的赞赏。蔡斯对浪漫主义诗人"残酷地僭越翻译策略"十分赞赏。残酷地僭越,是一种虐待的伦理。当然,蔡斯教授在批评方面得益于保罗·德曼的哺育。对德曼来说,所有的人物角色、书写、诗歌,都是变形扭曲的。对于哈罗德·布鲁姆而言,所有意义的原型来自卡巴拉教派中的神圣时刻:神舟的破裂造成了意义的破碎,这一点我早已提到;德里达把摩西怒摔十诫看作意义分离的重要象征;罗兰·巴特将对文本的分析隐喻为分开(écartant)、粉碎(brisant),使其破碎成细小单位。[6]"理论"时代见证了比喻混搭(katachresis)这一古罗马诗歌误用修辞法的复兴,这一修辞法在拉丁文学修辞书中被翻

---

① 吉尔伯特(Gilbert)和格巴(Gubar)合著有《阁楼上的疯女人》。

译为"虐待"（*abusio*）。它被视为所有文学活动与文本阅读所勘测到的东西的绝对核心，与良性隐喻、借喻并驾齐驱。"理论"的目的直指比喻混搭式的解读。

有一些比喻混搭是正常的，古代修辞学家认为是这样的，"理论"界把比喻混搭命名为现代中心，也是源自古希腊罗马关于罗马诗歌修辞性以及诗性成分的思想。诗歌会犯错，语言也不是准确无误的，读者和阅读也势必如此。连荷马也首肯这一事实。埃兹拉·庞德曾讥讽说没有一位文学教授因为无知而遭解聘。无知或许不光彩，但却是很自然的事情。从希利斯·米勒到霍米·巴巴，英语文学批评界似乎认为，不仅存在着暗恐与熟悉、非家与归家的巨大二元对立（这种对立对于分析是有用的），这种对立还在弗洛伊德的著名文章《暗恐/非家幻觉》中得到权威的德语表述：怪怖（*unheimlich*）与熟悉（*heimlich*）。这一对立，对结构主义［希利斯·米勒曾在其名篇《批评家作主》（"The Critic as Host"）中对这一组概念做出解构］和对后殖民研究一样有用。[7] 尽管 *unheimlich* 与 *heimlich* 是一对很押韵的词，对很多的分析来说很具吸引力（每一个本科生的论文都喜欢运用这一概念），但认为德语中与 *unheimlich* 意思相反的关键词是 *heimlich* 其实是一种错误的认知，事实并非如此，*unheimlich* 的反义词是 *heimelig*。弗洛伊德的文章中也出现了 *heimelig*，但这个词与 *unheimlich* 并不怎么押韵。我认为，这种关于 *heimlich* 的现代性的错误认识，是因为文章的标准英译者詹姆斯·斯特拉齐（James Strachey）所在的出版社，要求他删除弗洛伊德对这些德语词汇长长的探讨，这些探讨使得 *heimlich* 的历史变得清晰，但是删除可以避免使读者感到厌烦，而且可以节省空间。

对于英语读者来说,犯这种错误是可以理解的。(直到我的德国学生提醒我,我才知道我错了。)翻译中的一些信息被漏掉了,这种僭越式的翻译导致的对弗洛伊德文章的误解并非故意的,但保罗·德曼却是有意为之的。

对德曼来说,僭越式翻译不仅正常,而且是故意为之的,且很明显是由他对"理论"的兴趣所导致的。德曼的阅读"理论"中的核心思想是阅读的每个方面、文本性的每个方面都涉及翻译。翻译意味着批评家与批评的全部。对他来说,翻译是哲学、历史、修辞以及"理论"的巨大隐喻和典型案例。翻译等于隐喻性,希腊语是 $metaphorein$,拉丁语是 $translatio$。德曼认为翻译是不可能做到的,它同写作一样是受到阻碍的,总是有所缺失、深不可测。这种不可能性表明了"理论"意识到且可以做到的所有的消极感受力(negative capabilities)。这种观点的依据是什么呢?是沃尔特·本雅明的名篇《译者的任务》。德曼所关注的是任务($Aufgabe$)这个词。

> $Aufgabe$ 也表示放弃。如果你进入了环法自行车赛然后放弃了,那就可以说是 $Aufgabe$,他放弃了($er\ hat\ aufgegeben$),他不再继续比赛了。因此从这意义上来说,它也表示译者的失败和放弃。译者的任务是重新发现原意,那么就必须放弃一部分东西。[8]

这是德曼在 1983 年演讲中的最后一段话。这段话传递着他伟大的批评权威,且因他浓重的欧式英语口音而显得更加高高在上。(如果耶鲁大学有人懂德语,他的口音告诉大家那就是他。)然而,对于 *Aufgabe*,他还是撒谎了,利用他的学术权威地位误导观众。德语 *Aufgabe*——任务、训练、作业——在"放弃"的意思上不能与动词 *aufgeben* 混淆。*Aufgabe* 作为"放弃"的意思的时候仅仅用于指代上级命令你将已经完成的工作结果上交,而你没有完成的时候。这个词中没有"必须放弃某些任务"的意思(一位德国学生告诉她的老师,她没有完成她的家庭作业 *Aufgeben*,因此不能上交了,因为 *Aufgabe* 是个自我矛盾、自我解构、有所丧失的词,从一开始就是消除自我的,结果就会这样。)德曼受到"理论"的先入之见、偏见的影响,做出了套板反应,于是开始编造、伪造,或者说误人子弟。在这篇文章中,从头到尾,本雅明都没有说过译者的任务是不可能完成的,他只是说这是非常艰难的(虽然最好也不过是《圣经》的逐行对译,但也是可以完成的)。这是保罗·德曼"理论"驱使下典型的犯错方式。[9] 这也是其他自认为跟别人两不相欠的"理论"家们典型的犯错方式。德里达《致日本友人的一封信》曾几经刊印,讨论的就是翻译所面临的种种困难。他在文中直接引用本雅明的话:"'译者不可能完成的任务'(本雅明)"。[10] 德里达不可能读过本雅明的文章,而且很显然,他只是将德曼对这篇文章的介绍性阐述做了下总结。这就是"理论"学派误读生误读的恶性循环!

问题出在教条主义上,这种成规沾染了读者的视野,使读者的感知走向腐败,早就有人意识到这个问题了。理查兹的实用批评实验不断地证明,大部分教条主义者、基督徒、无神论者拿到一首诗时是不会阅读的,理查兹认为"教条式的忠诚"妨碍了他们,分散了他们的注意力,蒙蔽了他们。理查兹认为,"另一个问题"发生在套板反应与"总体批评先见"(展开批评以前,理论要求对诗歌的本质与价值做出有意识或无意识的评断)中间。理查兹说,"文学批评史表明",批评先见"一直挡在读者与诗歌之间"。[11] 就读者为理论先见所捆缚的现象,理查兹打过一个比方,说这就好像是进行"不幸的"节食,"即使是那些东西就在你的嘴边的时候",你也不能吃任何你"想吃"的东西。理查兹举的有关读者被理论先见带跑的例子中,有一个最恐怖,那就是托尔斯泰曾在《何为艺术》[阿尔莫·毛德(Aylmer Maude)译,1899]中,要对那些"没有为人类的统一而呼吁,旨趣可能仅局限于受教育或贵族阶层的"欧洲文学赶尽杀绝。"莎士比亚、但丁、歌德纷纷出局,《亚当·比德》《汤姆叔叔的小屋》也受到牵连。"托尔斯泰被一种缓慢的皈依所蒙蔽,转而拥抱了一种尖锐的新信念,从而彻底忘记了那些早年造就了他的创作的那些经验。他双手持着原则的武器,冲向了整个的欧洲经典,最终像他坚信的那样几乎没有留下一个幸存者。[12]

让教条主义者感到悲伤的是,世界与文本不会总是按照他们的方向行进,你或许对他们的悲伤报以同情。你肯定能够感觉到,教条主义者惧怕任何对他们的思想发起的任何现象级的反抗。你也能够理解为什么他们想将文本导向某个特定方向的欲望,可能会导致一些贬值与扭曲,会导致对文本的擦伤和虐待——有的时候甚至是无意识地,当人们在真诚地去这样对待文本时。我的意思是,当菲利普·拉金为了攻击美国人的"所有诗歌来自其他诗歌"的观点,引用"某位诗人"说"每个人都是孤岛"(而约翰·多恩的名言是"没有人是孤岛")时,我丝毫不怀疑他内心是真诚的;当哈罗德·布鲁姆重写陀斯托耶夫斯基的《罪与罚》的结尾,让杀人犯拉斯柯尔尼科夫"在小说不具信服力的尾声,为了实现拉撒路式的起死回生而开始走向善良的妓女索尼娅,并最终真正地忏悔",我也不怀疑他内心是真诚的,那是一种效果强烈的夸张修辞。尾声部分说得很清楚,拉斯柯尔尼科夫从头到尾都没有打开过索尼娅·马美拉多夫送给他带去西伯利亚的那本《新约》,索尼娅在这本书中读到了拉撒路起死回生的故事,但这段故事对一个杀人犯来说肯定是徒劳无用的。(这是一个精神重生的问题,不是一个身体起死回生的问题。)这种乱用故事结局的案例并不少见,朱丽娅·克里斯蒂娃在《黑色太阳》中错误地认为,拉斯柯尔尼科夫陷入"索尼娅借给他的那本《新约》中的拉撒路故事中了"。[13]布鲁姆的错误竟然写进了《如何读,为什么读》,似乎有点儿过头了。[14]不论其内心真诚与否,这样的误读依然是虐待,比毫无创意的阅读更无创意,就拉金和布鲁姆而言,他们是教条趋势下的粗制滥造。拉金的反互文主义(anti-intertextualism)倾向如此强烈,所以才会改写多恩最有名的句子来支持自己的观点。布鲁姆如此热衷于一种基督教式的结尾,所以才自己重写一个结局,以谴责原作中信仰的失败。布鲁姆的误读来自其个人的教条主义的倾向,他极力宣扬误读是阅读乃至文学史历程中不可缺少的部分,这为他的误读作了支撑。事实上,布鲁姆同理查德·罗蒂是一样的。罗蒂认为语言之外无"事实",他错误地引用拉金有关死亡的诗歌("一旦你在心中走上一圈")①,认为这首诗讨论的并非是死亡,而是对成为一位创造性诗人的恐惧——这仅仅是

---

① "And once you have walked the length of your mind"是拉金《继续活下去》("Continuing to Live")中的诗行。

一种语言上的恐惧,这就可以用来证明罗蒂关于语言性(linguisticity)的立场。[15]

教条之下的所作所为,一直如此,多到见怪不怪。理查兹认为,"在美学观念上","最令人惊叹的"就是托尔斯泰对艺术的教条主义式的屠杀。但"理论"指引下的错误判断尽管是灾难性的,尽管它让我们常想到托尔斯泰的荒谬行径,却在当今的"理论"时代变成了正常作为。只有一个将开玩笑的喜好与更严密的历史语义事实混淆的"理论"家,才会像伊格尔顿那样在他有关莎士比亚的书里疯狂地指出:"证据表明,伊丽莎白一世时代的英语中,'nothing'一词有女性生殖器的意思",而事实显然并非如此。或许哈姆雷特曾讥讽奥菲莉亚,说女人是零(naught),什么也不是(nothing),因此既指其阴道,又指以伊丽莎白时代的方式说她无价值,女性的空白,此乃一语双关。但是,这是隐喻,nothing 一词绝对不会有阴道的意思。[16]只有那种对自己的"理论"立场毫不动摇、改变自己的话就像俯首悔罪一样的"理论"家,才会玩斯坦利·费什玩的那种极度扭曲的游戏。费什借用弥尔顿的《利西达斯》中的首句"然而再一次",不断牵强附会地强调一些可能性,又毫不相关地讨论着使用了这几个字的写给希伯来人的信件,为的是证明像他这样的读者这么批评是多么聪明,因为这样的读者知道这是一首诗,而这是阅读诗歌时所需要知道的。"然而再一次",费什证明,相对于"理论"家带给读者的"理论"而言,诗歌的词句是多么的不重要;而费什对自己的小伎俩一清二楚且引以为豪,这就让这种带有偏见的批评变得更糟糕(我可以以这种方式继续前进,我这 30 年的弥尔顿研究可不是毫无目的的)。[17]只有那些孤注一掷的"理论"家,那些为保罗·

德曼排犹主义新闻所震动、对早期法西斯主义充满同情的"理论"家，才会像德里达、芭芭拉·约翰逊和肖珊娜·费尔曼那样，通过细致的文本误读，表明排犹主义从结构的角度来看是亲犹的，或者绝口不提其讲过的话，或者宣称历史和参考并不重要，大师从来不会在意，以此将自己的朋友和导师从歧路中拉回来。[18]但这种挪用对于"理论"家却是很正常的，我们仅举几例即可。

在《资本论》中，出于对宗教的敌意，马克思说《鲁滨逊漂流记》中的"祈祷之类"不需要关注，因为这些不过是娱乐所需；小说唯一严肃的价值在于它描绘了一位资本主义"经济人"①。然而，英国小说向来有着对宗教敏锐的探索，尤其是清教主义，笛福描写了资本主义兴起与宗教奇异地撞在一起时，西方资本主义自我的强化，但在马克思的说法中，笛福小说中的这一极为伟大的一纬却被一票否决了。[19]20世纪60年代以后的理论常有这类做法，理应受到批评。

例如，爱德华·萨义德在其《文化与帝国主义》一书中，就为了实现自己的后殖民主义分析曲解了约瑟夫·康拉德的《黑暗的心》。当然，他追随的是钦努阿·阿契贝的脚步。阿契贝对康拉德伟大的反殖民主义小说有着生硬的曲解，他认为康拉德的小说从头到尾陷进了他自己所谴责的种族主义和殖民主义本身，这已经是殖民主义批评中的经典案例。很显然，阿契贝根本没有把小说从头读到尾，因为他被这样一种观念所蒙蔽：康拉德是一位恶心的种族主义者，他是英国殖民利益的神话制造主谋，他的写作在侮辱他笔下的非洲主体。这样先入

---

① "经济人"（homo economicus）是古典经济学理论的一个重要假设，该假设把每一个自然人看作完全以追求物质利益最大化为目的而进行经济活动的主体。

之见的判断将阿契贝挡在小说之外,也将那些对阿契贝的模范篇章满怀崇拜的读者挡在了小说之外。[20] 还好爱德华·萨义德更狡猾一点儿。他认为康拉德确实"对比利时的殖民主义持批评态度"。但是他的小说仍卷入了"对非洲地盘的争夺",仍卷入了现代帝国主义的意识形态。因此,萨义德仍然在批评康拉德,尤其是批评他将"我们"与罗马人对比,并为作为殖民者的"我们"进行辩解。他反对康拉德所谓的"我们"的效率挽救了我们,不认为我们被一种"理念"救赎了。萨义德会认为这种对比是"极具感知力的",它使得那些纠缠在一起的权力、意识形态力量、欧洲殖民主义典型的实用态度等变得豁然开朗。而我却认为,萨义德对此真的没有什么感知力。萨义德将权力解释为公开的进攻势力,是殖民主义者明目张胆地"接管领土的权力"(power to take over territory),而意识形态却是遮遮掩掩的,它试图用自圆其说的夸张的道德说辞隐藏权力的进攻。萨义德认为:"'救赎'(redemption)超出了'得救'(salvation)一步。"这是什么意思呢?这两个术语康拉德取自基督教话语,两者并无丝毫区别,没有一个比另一个进步的意思。这两个词在康拉德那里是并用的,没有对比之意。而萨义德却完全理解错了,他没有听康拉德在讲什么。我以为,是因为意识形态先入为主的判断硬把萨义德拉到了阿契贝的一边,所以他才无法理解康拉德有关救赎的"理念"。"康拉德的书写背后有一种理念,并非多愁善感的做作,而是一种确确实实的理念,他对这一理念有着忘我的拥护——是一种事先设定,令其鞠躬、献祭的理念。"换句话说,这个"理念"用基督教术语来说——《圣经》术语"救赎""得救"的来源——就是一种错误的上帝、一种偶像、一种拜物教、一种摩西十诫中耶和华的子民禁止崇拜的雕刻形象。秉持他们的"理念"的白人,同他们统治下的黑人如出一辙,尽管后者"对着石头和木头稽首祷告",还未曾获得白人世界的基督教伪装。因此,康拉德是在猛烈地抨击基督教世界从真正的宗教转向对错误的帝国主义理念上帝的崇拜,而且用的是基督教的语言,如救赎、得救。文本是足够清晰的,然而萨义德在巡视帝国与"众所周知的欧洲小说"时对寻找恶棍是如此痴迷,因此使得他难以看清这样清晰的文本。[21]

搜寻种族主义者的趋势似乎有一种扭曲效果。套板反应中最不假思索的就是从理论的角度讨论罪行。即使是在弗吉尼亚·伍尔夫的《一个自己的房间》中,她反对父权制、男性种族主义的伟大论辩,如果从一种草率的"理论"角度来看,也可以被解读成种族主义者的作品,尽管她对黑人女性报以热情。因此,我们发现,凯瑟琳·斯廷普森(Catharine Stimpson),一位非常活跃的女性主义文学史家,极大地误解了伍尔夫对于英国男性殖民者占有目光的尖锐反驳。诚然,当伍尔夫在结尾处突然跳出极度愤慨的句子,认为男人见到什么都想要,都想标记,都想切割,都想讨论,并用了"非常优雅的黑女鬼"(very fine Negress)这样轻蔑的表达的时候,读者确实会吓一跳。伍尔夫愤怒地说,女人,

> 如今不像男人那么爱惜自己的名誉,大体说来,当女人经过墓碑或者标语牌,她的内心不会涌起要在上面刻上自己名字的那种不可遏制的欲望,而阿尔夫啦、波特啦、蔡思啦,都会按照自己的本性必须那么做。按照这种本性,女人经过时,就要咕咕唧唧,

一条狗走过去,也要说这是我的狗。我想,走过去的也未必是一条狗,譬如在伦敦的议会广场,在柏林的胜利大道(Sieges Allee),在其他帝国主义运动展开的种种大道上,走过的或许是一片土地或者是头顶卷曲黑发的男子。女性最大的优点在于,人们可以经过一位非常优雅的女黑鬼而不会想要把她变成一位英国女人。

斯廷普森认为,这是渗透进了种族主义的女权主义批评。"最后一句粗心而残忍地使'女性'与'女黑鬼'两个概念发生断裂(rupture),'女性'获得了主体性,而'女黑鬼'无论多优雅,获得的只是物性(objecthood)。"然而,真正残忍的是斯廷普森挑衅性地将女黑鬼设定到伍尔夫文本语境中的做法。斯廷普森不会阅读,她连反讽都不关心,更别提反讽的姐姐、更毒舌的讽刺(sarcasm)了。她根本没有看清楚伍尔夫的运思,伍尔夫是想将那些把优雅女性、土地、男子("头顶卷曲黑发"的男子)据为己有的男人,同不想殖民任何人,包括黑人女性,甚至美丽的黑人女性的女人,做一个对比。鉴于她的同性恋倾向,伍尔夫更多的是蔑视:很显然,她内心确实经常幻想一些"优雅女性",甚至有可能是"优雅"的"女黑鬼",但是她抛弃了黑人殖民者那种因为你幻想它你就可以带走它、强奸它的观念。对于"断裂"这一"理论"术语,我比较吃惊的是,斯廷普森竟然没有把"女性"与"狗"的句法联系起来进行思考。但或许是斯廷普森可以看得出这里的反讽,不敢将它说成渗透了女性牲畜化思想的女性主义批评。但"女性—狗"可能至少已经让这位批评家深刻地意识到,不能仅仅因为句子中的两个词项是临近的,就断定这两者是相互关联的,或者彼此"断裂"的。但是,哎，受到意识形态蛇蝎的刺激而做出的阐释太常见了。[22]

当性别政治坐在驾驶座位上，批评的代步工具经常满大街都是。有人或许会说，我高中邮件问询部的老师从来不讲伊芙·科索夫斯基·塞吉维克，也不会就此事谈及威廉·A.科恩的《性丑闻：维多利亚小说中的私密》。科恩在众多维多利亚经典中的自由表演背后有着科索夫斯基·塞吉维克的支持——此书被纳入杜克大学出版社的酷儿（Q）系列丛书，此丛书的编辑还将塞吉维克与乔纳森·戈德堡的书纳入其中。此丛书的部分内容最早曾在美国一些"理论"横行的著名期刊上刊载，也曾收录进杜克大学出版社出版的《消除恐同症：文学与文化中的男同视角》（*Displacing Homophobia：Gay Male Perspective in Literature and Culture*, 1989）。这已经超出纯"理论"范围，带着症候性解读的特点，恐怕有些废话连篇。

科恩跟在福柯的《性史》（法文版 1976，英文版 1981）之后，将维多利亚人变成了性亢奋者。两种治学方法鼓励着科恩在辉煌的阐释学螺旋滑梯上，进行过度阐释，一是弗洛伊德梦的解析之法，另一个是语言学转向者的心理分析法，如语言学家罗曼·雅各布森。于是，科恩阐释过的小说中没有一样是按其本体来的，不按其讽喻所指，不沿着辉煌的能指锁链弹跳，而是在这锁链上随意联想替换、隐喻转喻，彼此转换、彼此叠加，全按照阐释者的意愿，随意地更改。在其"特罗洛普的妓女"一章，科恩解读了《尤斯塔斯钻石》；书中首饰盒中的钻石是小说中家庭纠纷与法律纷争的中心，而科恩的解读显然太过武断。弗洛伊德将朵拉的网格手提袋解释为阴道，按照这一有名的替换逻辑来解读特罗洛普笔下的坏女孩——主角丽兹的阴部，就是意料之中的事情了。但奇怪的是,首饰盒中的宝石却被解读为睾丸。因为这些石头是"传家宝","代表着男性生殖能力这一稀缺的资源,这种资源便在精液的生成场所睾丸中得以产生"。嗯,可能吧,不过令英国读者如释重负的是,科恩显然不知道,"传家宝"这一俚语,在英国也有男性的整个外生殖器的意思。尽管如此,在真实生活中,睾丸从来不会进入女性的首饰盒,除非有什么生理怪癖,这种怪癖恐怕就连福柯也很难相信。即使真有这种怪癖,睾丸也不会存放在阴道里,这些石头是放在丽兹的首饰盒中的。

然而我们可能会说,睾丸(balls)之说就是一团糟(balls),特别是对于这样的批评混乱(balls-up)而言。当丽兹的一个追求者,卑劣的乔治·德·布鲁斯·卡罗瑟斯勋爵,背叛丽兹的时候,他说了一些很有隐喻意味的怨言,说丽兹在利用他保住她自己的宝贵"私人装备"(paraphernalia)——这"赃物"(swag)是他好不容易剥开的坚果的果仁;现在他只剩下"果壳"了,她得到的是果仁;现在她发现她"吃"不动这个果仁,于是又回过头来找他帮忙。科恩会将这些隐喻同宝石/睾丸等同起来,这一点也毫不奇怪,因为现代俚语中"坚果"仍然有睾丸的意思,科恩毫无疑问是受到这方面的蛊惑。可是卡罗瑟斯实际上将宝石比喻为坚果的果仁,而不是坚果本身。当然,科恩没有考虑过破落的果壳,在他疯狂的(nutty)解读中,文本中凡是给解读带来不便的小细节,就会被一概忽略。

他对于自己按照个人意愿玩隐喻游戏的做法供认不讳。对于坚果等于睾丸的解读受够了吗?还有呢,接着他说:"只要这样的象征暗示不变得僵化,就可以维持一种文学旨趣。"所以读者只要愿意,就可以在这象征语域里进进出出。我们将会看到与男性性征相关联的"宝石"隐喻,也滑向女性性征的隐喻再现。一位调查宝石失踪案的警察认为丽兹可能将宝石"绑在她身上了"。就科恩看来,这是"摩擦她的身体的隐喻","也含有性的指涉"。但读到现在,指涉的具体是什么呢?还是阴道和/或睾丸吗?首饰盒的钥匙装在一个袋子里,"绑在了"丽兹的脖子上。于是,科恩以他惯有的搪塞方法说,钥匙"接触了她的皮肤"。可是不,钥匙没有接触她的皮肤,它们装在一个袋子里。如果这些宝石"绑在她身上了",那也是装在袋子里的,你可能会说,顶多是靠近她的身体,却绝不会像科恩说的那样"摩擦她的身体"——像是两个生殖器摩擦的性行为。摩擦的想法不错,但那只是一种幻想。无论如何,警察和科恩一样,仅仅是在猜测。可是他是如何猜测的呢?科恩从头到尾一直在编造,他借用的是心理分析寓言化的整个"理论"史,这一历史可以一直追溯到弗洛伊德对梦文本替代品随心所欲的性别化解读。此外,他还借用弗洛伊德的压抑理论为自己的猜想辩护。解读越显得没有说服力,其正确性就越是昭然若揭,因为压抑的过程便是如此。何况科恩又大力宣扬维多利亚人遭受着精神压抑,因此其写作中也一定会存在着隐写。这就意味着,你想找什么样的性内容就可以找,想怎样性别化地予以解读就可以怎样予以性别化的解读。

现在要讲的是,手淫。我们知道,这是维多利亚人的一种巨大的焦虑,因此它必定是一个被隐写的词项,尤其是如果你的阅读装备里有童子军式的压抑计量标识卡,这一词项是很容易被发现的。因此,"在一位手淫者的引导下进入英国小说,至少在'男性身体'这样一个题目下,查尔斯·狄更斯无疑值得认真关注"。但原因是什么呢?因为他显然受到手淫这一词项与手淫行为的压抑,因此设法在他的小说中做了明显的替代。《雾都孤儿》中的查理·贝茨,常被称呼为贝茨少爷(Master Bates)。咦?Master Bates 不是跟手淫(masturbate)音似吗?但这个"双关"或许太明显了,仅仅是偶然。不过,当他被称为查理·贝茨少爷的时候,"我们势必要继续对这一双关展开想象"——"就像一个手淫者必须不断想象不在手中之物以唤起手中之物的兴奋。"这就好比尽管《雾都孤儿》中的贝茨少爷、希曼·斯泰恩斯(Seaman Stains)、随船服务生罗杰(Roger),并不是英国作家约翰·莱恩那著名的儿童书中的海盗帕格沃什船长或他的船员——尽管"每个学童都知道"这些角色都出现在了书里——但是这些人物的出现必然让人想起儿童书的主角随船服务生汤姆。汤姆也可能是罗杰,不是吗?莱恩想要罗杰对吗?那么接下来发生的就是在船上和随船服务生性交(roger);这难道不是海员斯泰恩斯想象出来的吗?当狄更斯的罗杰在费金盗窃团伙的厨房中,拿出"四块手帕",用的是手帕的古老俚语 wipes(擦),科恩很清楚地知道如何解读这些"手帕"了。这些手帕是"用来清洁罗杰的名字可能暗示的那些东西的工具"。而事实上,费金盗窃团伙靠的是清洗盗来的手帕,并偷偷拿到蒙莫斯街上,卖给在那里收购二手布料的犹太商人。一旦费时费力地将手帕洗干净了,就不想再把它们弄脏了。而科恩把《雾都孤儿》变成了《波特诺的抱怨》①,这样的书狄更斯没有写过,但科恩希望狄更斯写过,并认为狄更斯自己也希望写过。这位批评家实际上用变态阅读的手帕擦除了《雾都孤儿》。

---

① 《波特诺的抱怨》是菲利普·罗斯的长篇小说,其中有大量香艳的描绘。

科恩的阅读本身是在制造混乱。

可是当"理论"家一旦得势,接着就会对词、物体随意地进行阐释。费金的那伙小子试探奥利弗,问他知不知道什么是盗贼(prig)。奥利弗知道,但出于礼貌,他并不想唐突了他的新朋友,所以在快要说出"小偷"的时候只说了一半。"意思是小——",然后就停在了那里。扒手道奇看了看贝茨少爷,确定他是个"小——",并为此感到自豪,于是亲昵地把他的帽子弄歪了(give his hat a furious cock)。prig 的意思确实是"小偷",可是科恩故作高深地谈到德语中 p 与 f 的变化(detour),认为 prig 应当是 frig,也就是维多利亚人的俚语手淫。维多利亚人俚语中 frig 的意思的确是手淫,但是 prig 就是 prig,不是 frig〔如果可以这样胡思乱想,我们也可以说猪(pig)的意思是无花果(fig)〕。何况 frig 指的是动作而不是执行这一动作的人,执行动作的人叫手淫者(frigger)。但原文中出现了 ferocious cock,科恩认为这是阴茎的意思。好吧,cock 确实有阴茎的意思,可在科恩的意识中,这一词语就只有这一个意思,尽管在这里它指的是帽子在头上的角度。我实在想象不出如何把一顶帽子变成一个"愤怒的阴茎",或者更滑稽一点儿,给他的帽子上安一个愤怒的阴茎。这种阅读是语言的腐败,是认可能指的自由游戏的想法,并允许这种想法在我们身上安栖的后果。然而再一次,在压抑等于真理假设的支持下,这种语言彩弹射击游戏就来了:既然手淫是充满正义、不可言说的,那么它必然是被压抑的,因此即使明显的指涉"并不在场",我们也必须假定它是在场的。对于科恩而言,这种尤其在压抑过程中产生性的含义的过程,就是维多利亚文学性中的精髓。但说到底,这不过与拜伦对济慈的谴责一样,就是"想象力的手淫",而且不只是用维多利亚文学性定义展开的手淫,更是关于诗学的手淫,用诗学展开的手淫,用整个文学性的定义展开的手淫。

而一旦开始了,这种手淫式的阅读就停不下来了。在《伟大前程》中,狄更斯"提出了手淫的问题,他指涉手淫的方式与他所宣称的言说手淫之不可能性的方式如出一辙"。小男孩皮普为饿极了的逃犯马格韦契偷了一块黄油面包。他因此变成了一个盗贼(prig)、小偷(thief)。其行窃的内疚心理让他备受压力,在这一罪行的"隐秘压力"之下,他把这片黄油面包藏在了自己的裤子里。这变成了"裤裆里的隐秘压力"。当他站在那里给他的姐姐搅动要为圣诞节做的布丁时,生怕它会从他的裤子里掉出来。黄油面包是"我腿上的负荷",这时常让他想起马格韦契脚踝上的镣铐,那是马格韦契腿上的负荷。科恩热情地抓住这一裤子里愧疚的负担或者负荷,作为皮普因手淫而心生愧疚的语域。这也是每个男性青少年的感受。语音歧义(prig:frig)变成了语义与伦理:让他心生愧疚的黄油面包暗示勃起,黄油暗示射精。当皮普"溜走,将他那部分良知放在阁楼的床底下",这一压力就消除了。皮普成了小波特诺。在这贯穿了一个童年焦虑故事的令人兴奋的冲动中,很难说清科恩到底认为皮普在哪里达到了高潮。如科恩所言,小说中写了"两腿间备受压力的审判",这表明皮普一把面包放进裤子就有了这样的重负。但科恩说:"似乎在卧室里又一次流出了黄油",这就是说皮普在卧室到达了高潮(又一次?),这就是"将他那部分良知放在阁楼的床底下"的意思。但科恩阐释的那些情形一件也没有发生。皮普还是个孩子,这么一个小孩在这样一个象征体系里,产生高潮可能是不合时宜的。即使他是一个青少年,也很难想象勃起的长度会到达脚踝。很显然,科恩从来没有藏黄油面包的经历。黄油的确会像科恩想的那样,会从黄油面包中"滴"下来,但是黄油面包不会"射出黄油"。或许热黄油吐司会有这种情形,但这不是热吐司。小说中还提到过别的吐司面包,在后面,长大后的皮普在文米克家里吃了好多好多——文米克年迈的父亲准备了"一大堆黄油吐司","分享着黄油面包,身上弄得油油的、热乎乎的,乃是一番美好的景象"。文中说,老父亲弄得到处是油,"就好像扮演了一位刚涂过油的原始部落酋长一样"。科恩把这一切解释为"吃完茶与吐司遍身黄油的近乎性交之后的宁静"。于是《伟大前程》变成了《巴黎最后的探戈》,在这部马龙·白兰度的电影中黄油和性交倒是密切相关!科恩的思索让人想知道他是否吃过黄油吐司,以及这里(以压抑的方式,如他所言)再现出来的性场面,在他想象中是什么样的。是皮普与他的密友们以及文米克的老爹组成了一个极度纵欲的团体吗?但无论如何,尽管热黄油吐司可能很润滑,然而一片涂了黄油的面包却不是如此,一片黄油面包却没法润滑,你不能将一片黄油面包轻易地比做射精的阴茎,这是不恰当的隐喻、换喻、象征、梦的幻影或者其他你能想到的替代性名号。除非你是研究酷儿"理论"的理论家,急于通过各种诠释手段证明,"在维多利亚文学经典的核心处"存在着"严重的性变态",也就是19世纪小说的一个主要成就,就是尽管它认为性是一件极其不可言说之事,但仍创造了传达情色的文学语言。换句话说,如果想同福柯一道,揭露维多利亚文本中存在的对性变态的兴趣,那么你可以毫无顾忌,甚至为证明"理论"论点而进行变态式文本阅读。

当然，对身体角度的过度解读还有很多很多，不只有关于《伟大前程》中的触碰、触摸、握手等伟大主题——但我会把这些碰触的变态解读放到后面讲，后文我会极力赞扬读者在阅读和批评上的鉴赏力，因为这是走出"理论"处理失误的唯一方法。

弗洛伊德对梦文本的自由阐释树立了一个坏榜样，科恩的偏执症与此密不可分。这种自由阐释在弗洛伊德的阐释者雅克·拉康那里得到延续。拉康甚至比他的导师还要自由。他在文学与语言面前的那种一览无余的兴奋，具有传染性，而且已经传染了20世纪60年代以后的理论家的阅读。有传染性的东西常常带有彻头彻尾的误导性。拉康的诗学真的很可怕。例如，他根本不知道什么是隐喻。这一点只要看下他在《书写》（*Écrits*）中对法国诗人维克多·雨果的名诗《沉睡的波阿斯》（*Booz Endormi*）做出的著名讨论，就可以知道。这首诗讲述的是《圣经·路得记》中老人波阿斯与一位年轻的摩押族妇女的情事。波阿斯看到在田间拾麦穗的路得，于是就爱上了她。

《书写》中的这处解读，臭名昭著且影响深远：拉康对索绪尔能指与所指关系的严重误读，为他接下来对雨果的诗歌做出套板反应打下了基础。我一直在讲，对索绪尔而言，能指与所指向来是紧密联系的。拉康却挑拨两者之间的关系，在两者之间放入了一个障碍物，阻止两者向彼此运动。他提出了臭名昭著的公式：$\frac{S}{s}$，其中强大的能指（S），遮蔽着弱小的所指（s）。拉康认为，这代表着两者是彼此分离的，代表两种截然不同的秩序。索绪尔的《普通语言学教程》中，"有许许多多的公式，但是看不到"跟这个公式一模一样的，但拉康说这一公式应当"属于"他。（这和科恩认为狄更斯作品中存在被压抑的手淫的真理如出一辙:文本中的某一事物的不在场昭示着它的在场。)含义产生于公式的上半部分,即能指间的相互关系。当一个能指代替另一能指,也就有了隐喻。这种情形下,"诗意的火花"产生了,"隐喻的创造"产生了。这种隐喻观对正规的诗学而言是个意外。因为隐喻不仅仅是能指符号,毫无疑问,只有当意义跨越不同符号之间的空隙时,当这些符号及其意义都保持在运作状态时,才有所谓的隐喻。隐喻中不会发生一个符号完全取代另一符号的情形,更不会有拉康所认为的那种一个术语消灭另一个术语的情形。根本不存在这种情况。能指与所指一直紧密相关,这种关联从一开始就建立在牢固的关系基础上(这就是为什么一片黄油面包等于阴茎行不通,除非是在拉康式的隐喻里,这种隐喻中任何旧有的替代都是可能的)。

　　拉康在他对雨果诗歌的示范性解读中,尤其关注这一行诗:(波阿斯的)麦捆既不小气也不刻毒。拉康认为,麦捆就是对波阿斯的一种隐喻。这是肯定的,因为麦捆不会是小气或刻毒的,只有作为人的波阿斯才会小气刻毒。最奇怪的是,拉康好像从来没有听说过情感错置(pathetic fallacy),这一隐喻作品中的精髓。显然,对拟人这种主要的诗歌手法的无知促使这种隐喻的错误替代理论的产生。波阿斯当然没有从诗歌中彻底消失,如拉康所言,他在麦捆环绕的"丰收"中复活,而美丽的路得走入波阿斯的场地得到了麦捆,麦捆使她受孕,麦捆是波阿斯成为父亲的标志。

　　因此,在以男子姓名为形式的能指,与隐喻上将他抹除的能指之间,产生了诗意的火花。这对于表达父系血统的意涵十分有效,因为它再现了弗洛伊德重构的男人在潜意识中成为父亲的神秘过程。

麦捆就是阴茎,任何一个能指都可以代表任何一个另外的能指,所指并不在场:大师弗洛伊德的实践准许在性心理阅读中能指符号自由游戏。坏的"理论"——故意曲解索绪尔的坏的诗学——是对诗歌做出愚蠢的解读的基础。雅克·伯瑟德(Jacques Berthoud)在批评上更灵巧、更有艺术洞察力,他曾经就拉康对雨果诗歌的解读说:"替代性理论发现一首诗,就将它变为废墟,对此我无法赞同。"拆毁雨果的诗歌始于拉康从索绪尔的《普通语言学教程》中炸出一片废墟的尝试。[23]

拉康不会允许我们从霸道的能指场域那里,跨越他所设置的障碍物,去对所指展开思索,否则就不能自由替换,或者把面包片当作阴茎了。然而,他立于能指所指间的"理论"障碍物,同时阻碍了好的阅读。这种障碍物被放置于"理论"限制性阅读的所有位置,例如,被解构主义者放置于文本与语境之间的障碍物,就很难被移出,它们会一直堵在通往好的阅读的道路上,尽管德里达一直反对这种行为。德里达本人也发现这种障碍很难被移动,在他的"示播列"讲座里,他曾试图扫清文学史家的路径。[24]他举了《圣经》中以法莲人的故事的例子(《士师记》:12:4—6),以法莲人被困在一河流桥渡上,经过耶弗它和基列检查,被断定为恶人而被杀死,原因是他们不会发"示播列"一词的音。这一难以读出的希伯来语汇成为英语中无法用言语表达的——无法发音、无法命名——内容的代名词。德里达用这一语汇来表示解构主义者认为的无法用书写传达的部分,即语境和历史。德里达要读出历史的"示播列",尽管他的追随者对此感到厌烦。最精明的是,他选择了两首保罗·策兰的诗——《示播列》("Schibboleth")和《归一》("In Eins")做了系统的历史解读。诗中提到了西班牙内战以及共和党的口号:他们不准通行! 这是共和党斗士阻挡人们走向佛朗哥的法西斯主义者的呼喊。

心……
说示播列,说出来
进入你陌生的家乡:
二月。不准通行。

（《示播列》,1995）

二月十三日。示播列
在心口被唤醒。同你们,
巴黎的
人民。不准通行。

（《归一》,1963）

在策兰的诗中,历史是真实存在的,是他们标注了日期的历史,清楚地指向政治事件的发生时间。德里达指出,1963年的2月13日,成千上万的"巴黎民众"对支持法国占领阿尔及利亚的右翼分子实施的大屠杀展开游行抗议。1934年2月12日,法国人民开始发起左翼暴乱。《归一》一诗还提到发生于1917年2月的彼得格勒事件,此事件导致了同年俄国十月革命的爆发。维也纳倒向法西斯右翼是在2月份,德里达说,马德里也是。"1936年2月:'他们不准通行'的口号,是在挑战法西斯主义者、佛朗哥部队、墨索里尼部队和希特勒秃鹰军团支持的长枪党。'他们不准通行'是2月份马德里倒向法西斯之前,共和党人和国际纵队的呼喊,是他们写在小旗子上的标语。"然而,哎,这种对历史的"示播列"的拥抱,以及对横亘在历史前的障碍物的移除,却是灾难性的错误。西班牙内战直到1936年7月才发生,马德里到1939年初才陷落。德里达坚信,诗歌中的2月、2月13日两个日期,为我们提供了解码的渠道。他认为,这里日期的不确定性促进了意义的确定性。事实上,他认为越是不确定,星丛越丰富、越盈满。但是他在马德里沦陷于2月13日这一点上就产生误解了,这位读者没有解释清楚真相,却为之设定了所谓确定性。德里达对日期的确定性做出了后现代主义式的抛弃(现场听众中或许有人会小声说他弄错了马德里的沦陷日期,那种低声的私语同样发生在1996年维也纳举行的西班牙内战会议上,当时以为著名的法国文学批评家重复了德里达的错误),他说,他或许弄错了《归一》中"所谓的'外部'日期"——解构主义者的套板障碍物,借着这个"所谓的"以及引号,一下子又回来了。但是,"即使我的假设错了,这也与策兰所说的日期不冲突,我们写,我们自己划定"。语境的"示播列"再次极速降临,日期,"外部"的日期显然不再重要。"理论"再次对所指颐指气使。用"理论"来阅读一首含有日期的诗仍旧是糟糕的,这种阅读最后仅仅再次变成了"日期"。

然而,即使日期信息受到重视,也在一直出岔子。即使"理论"家在跨越障碍物,他们也在努力挣扎。"理论"或多或少又成了阅读历史文本的障碍物,比如新历史主义将传统马克思主义与新文本化的历史黏合在一起的做法,就是很好的例证。

有两个例子,均来自新历史主义者最新出版的一流的大部头《新历史主义实践》(*Practising New Historicism*,2000)。此书是一场名副其实的"理论"表演赛,展示了新历史主义的进展、实现的方法、如何自己如法炮制类似的"理论",书的作者是新历史主义的创立成员、首席执行官斯蒂芬·格林布拉特和凯瑟琳·伽勒赫。这一以"实践"为模型的阅读实践,对文本的态度也极为糟糕。

斯蒂芬·格林布拉特解读了两组15世纪与基督教圣餐礼仪相关的油画:约斯特·范·根特(Joost Van Ghent)的《众门徒的圣餐仪式》(*Communion of the Apostles*)与保罗·乌切罗(Paolo Ucello)相应的祭坛座画(predella)(它实际上可以说是《圣餐》的脚注或补充性的画作)。格林布拉特认为,在这些画作中,历史与文本的互动关系以典型的戏剧化的方式展现了出来,他对于这种互动关系的分析将会成为"我们都渴求做到的阐释实践的模本",也就是新历史主义。画作的文本,也就是新批评的材料,它们的真正意义是无法通过语境分析出来的,历史故事也绝非那样简单。两者之间有着非常复杂的交叉和意识形态的隐瞒。毕竟,新历史主义就是要将细节着重刻画。结果呢?结果就是,分析的目的成了在一本有关解构的通俗教科书中展示文本的裂隙。

在约斯特的画里,耶稣用拇指和食指夹着圣饼递给跪着的门徒,格林布拉特认为耶稣手里什么也没有,只有一块空白:"这块空白,所画的救世主拇指与食指间的那少量白颜料,按照严格的逻辑来看,与其说是一种再现,不如说是视觉再现在拒绝发生"。逻辑的教条在这里与形象性的空白事实发生冲突,空白的能指与所谓的或者所期待的基督教所指发生冲突。耶稣说:"拿着,吃,这是我的身体",他合理地声名了在场与符号含义(传统上这样认为的含义)。然而,画中什么也没有,只有白颜料,没有"真的在场",面包没有变成基督的肉体,基督教会所采用的任何手段,如隐喻、转喻、"变体"(transubstantiation),都没有让任何事情发生。有的只是缺场——就像某些"理论"表明的那样——这幅画是缺场的表演,如格林布拉特所言,是困境的表演。在这一困境中,基督教教义的含义拒绝发生。

然而,这样看画只是在观看"理论"所呈现在你眼前的事物。当然,画中"只有""少量白颜料"——尽管"少量"显得有点儿太夸张了,圣饼看上去的确细致地勾勒了轮廓。可是不用白颜料又该如何再现圣饼呢?整个在场与缺场之间的纠缠,教义性在场与真实绘画的缺场之间的纠缠,是批评家发明出来的,这一发明仅仅是解构主义者的套板反应。这是对荒谬的阅读上了瘾,格林布拉特对于乌切罗祭坛座画的解读与这一解读如出一辙,都是套板反应下的解读。在乌切罗祭坛座画的这一场景中,圣餐正神奇地流着血,血液从门下方的一个洞口留到外面,门外是被犹太的渎神者们挡在外面的基督徒,犹太人正在里面烘烤着圣餐,而这些愤怒的基督徒正试图破门而入。在画作的叙事中,绘画者描绘基督之血奇迹般的出现,是为了再现现实,再现圣餐中真实的神圣的在场。而格林布拉特再次想通过这幅画去解构画的叙事所指涉的教义。于是这个血液逃离的洞——老鼠洞?——被一而再再而三地解读,花样多变,恣意妄为,一会儿解读成伤口,一会儿成了擦伤,一会儿是刀伤,一会儿是裂痕。一个洞不能代指这所有的一切,就像特罗洛普的首饰盒不能既是阴道又是睾丸。无论如何,这只不过是个洞罢了。然而伤口、擦伤、刀伤、裂痕,这一切都被精心从解构主义者的书架上取下,这是德里达隐喻词汇汇总的套板隐喻,是为写作遇到麻烦的时候准备的。它们代表的是格林布拉特赋予画的东西,体现为一种"再现的困境"。[25]

　　格林布拉特的分析是有趣的,一些归纳甚至是很吸引人的。"意义死角不是形式上仅仅自我指涉的地方,而是那些能量、欲望、压抑流进世界的裂口。"多好的观点。问题是,这是对这两幅画的误解,画中没有困惑,不论是在约斯特的"少量"白颜料里,还是在乌切罗老鼠洞的"伤口—擦伤—刀伤—裂口—裂痕"里。这一对能指"洞"的解读充满漏洞。

　　伽勒赫在《新历史主义实践》中的分析也是这种情况,她认为爱尔兰性在 19 世纪被再现为这样一个问题:怀有敌意的新教徒对爱尔兰天主教的饮食——基督的肉身、圣饼和土豆——的看法。这是一种狡猾的简化,也是一种毁灭性的说法。这种"最可怕的反土豆修辞,在有关肉体与食物的关系问题上,似乎学的是圣餐教义的极端自由主义"。威廉·科贝特(William Cobbett)的爱尔兰来信被认为是这类修辞的伟大代表。伽勒赫认为,在这些信件中,爱尔兰人就像生活在地下一样,"和他们的食物一样是在地下的","在低矮的满是破洞的小泥屋里"。科贝特的"地下意象"将爱尔兰劳动者贬损到"跟猪一样,甚至比猪还低一点儿的位置上了"。可是如果你去看一下科贝特收到的来自基尔肯尼的令人敬畏的第三封信,你就会发现这封刊载在《政治纪事报》(Political Register)(1834 年 10 月 11 日)上,被伽勒赫解读和引用多次的信,实际上被她严重地误读和误引了。科贝特绝不是简简单单的反土豆的,而是认为肉和面包是更好的食物种类。(19 世纪 40 年代的土豆大饥荒难道不是证明了他是对的吗?)爱尔兰人的屋子不是泥屋,而是由糙石和表面涂白的泥巴建造的;屋子也没有那么低矮,约有

2.7米高;也不是像伽勒赫说的那样"一扇窗户也没有",因为有的屋子会有"一扇玻璃窗"。科贝特也没有将爱尔兰人贬损为动物一样的存在,没有将他们视作"一口洞穴"中的生命,与动物为伴,吃猪食一样的食物;他是在谴责地主对爱尔兰人做了这样的事。[26]

这是唯物主义者的想象?恰恰相反,这是对想象的材料的误读。这让我们想到 E. P. 汤普森对研究"如果会怎样"的历史学的评价——烂污一样的历史。[27]这位新历史主义者又一次没能读懂文本的意思,这背后的原因是"理论"对意涵的有限的理解,特别是伽勒赫有一种"理论"化的倾向,往她精心挑选的爱尔兰性的标志,圣餐以及圣餐的爱尔兰对应物土豆中,导入各种含义空缺,以填充相应的阐释。"土豆的含义不限于一种,它和其他的能指符号一样,含混、任意、不稳定、晦暗、由历史决定。"如果你认为爱尔兰的意指同其他意指一样是充满漏洞的(如我们所见,文本隐喻总是在"理论"话语中自由组合),那么爱尔兰性的能指——圣餐与土豆,圣餐食用者与土豆食用者——也必定漏洞百出,而且你也有可能发现这些漏洞。特别是如果你在阅读的时候肆意妄为,"理论"倾向会导致阅读的肆意妄为。这种阅读让你想读出什么意思就能读出什么意思——尽管事实并非如此。

你一次次发现"理论"总是这样运作的,"理论"使文本模糊不清。"理论"导致人们产生误读,这样的阅读与文本纹理相逆,与文本的字词和文学性相逆,与好的意思相逆,与字词的一些最表面的意思相逆。20世纪60年代以后的理论把文学和字词撕碎了,"理论"乱炖里的汤底浓稠、材料丰富,就是这些东西把文学撕碎的。"理论"家放肆的时候真的肆无忌惮,他们舀出浓稠的套板反应,造成极坏的结果。就像

J. 希利斯·米勒解读托马斯·哈代的诗歌《被撕毁的信》时那样：

I

我把你写的信撕成碎片
撕得不比鸭子在换毛季
啄落在涟漪的边缘上的
轻飘的羽毛大。

II

独自躺在我的床上
黑暗中我似乎见到了你的幻影，
听到你说："为何揶揄
走向你，尽管一无所知？"

III

是的，傍晚已自生自灭，
夜晚已熄灭我的愤怒；
我遭受了遗憾的悲伤
它又加深为真正的懊悔。

IV

我想这心灵是经了多少沉思的日夜
才写成如此细腻的纹理，

寄信者满怀多少善意

才用如此明亮的词组写出如此甜美的句子。

V

于是我起身,视它为无价之宝

我寻觅每一个碎片,拼拼补补;

天已泛白我还没有完成

没有拼好我毁掉的句子。

VI

但一些扔掉了的

都再找不回来,永久地毁灭了:

那是你的名字与所在;我再也不能

寻回你的踪迹。

VII

我知道我失去了,由于冲动,

我的路径;意志决定了,

生着,死后,我们都应分离,

我的确痛苦不已。

VIII

这由你产生的痛,许久之前就已诞生,

一直在跳动:我无法因岁月的增加将其摆脱。

这就是复仇,你差点就知道了啊!

但感谢上帝,你并不清楚。[28]

　　这是首满含神秘的诗,许多信息不得而知。信的寄出者是什么性别?写信人与收信人是什么关系?为什么撕了信就是罪过?在何种程度上对寄信者"一无所知"(第8行)。"许久之前"是什么时候?"这由你产生的痛,许久之前就已诞生"(第29行)是由于撕了这信才痛的,还是在这之前就有的痛?如果是在这之前就有的痛,怎么会在第8行说对之"一无所知"?读了这首诗的语词的读者都会细心提出这些问题,然而希利斯·米勒对此毫无兴趣。他直接认定寄信人是位女士。米勒没有看出,第26-27行影射了《圣经》中大卫和约拿单的典故("他们死后也不分离")——"意志(叔本华的意志决定了哈代虚构的人物的命)决定了,生着,死后,我们都应分离"——这可能关系到性别的问题。米勒接下来的解读是将其当作寓言,这是典型的"理论"家式的阅读:这首诗是有关书信、使徒书以及整个书写艺术和阅读何以进行的寓言。这或许也没什么问题——如果你首先把字面意思理顺了,完全有可能将阅读提升到寓言的高度。问题是米勒在将其作为寓言解读时,满肚子都是乱炖的"理论",将诗的文本同正在阅读的理论文本对照进行,米勒完全被德里达对信件与明信片的极具影响力的讨论(《明信片》,1980),特别是它们与心灵感应——信件是有心灵感应的,是远距离的沟通,这造就了信件的接收者(德里达,"心灵感应",《狂怒》,1981)——的关系的讨论,压制到俯首称臣。结果就是一种严重的误读,多多少少的牵强附会。由于米勒在路上种满了"理论"的大树,因此他看不见诗意的木树。

米勒同时引证的案例主要是一封卡夫卡写给其女友米莱娜的信,信中探讨的是写信这一主题——讲的是信是不具有沟通性的,因为"鬼魂",收信人与写信人的鬼魂,在这一道路上,将写作,将"写出来的吻",一饮而尽。卡夫卡这一文章,对于那些想强调写信人与收信人的幽灵本质的"理论"家,具有特别大的吸引力(卡夫卡从没有想表达写信人与收信人的幽灵本质:他从不认为自己是一个幽灵,也没有认为米莱娜是一个纯粹的幽灵,对于彼此来说,他们都是如此真实,不可能有这样的想法)。米勒就这样平白无故地用卡夫卡的例子分析哈代的诗歌。(顺便提一下,卡夫卡的引语中,提到人类不喜欢与写信者分离,于是发明了火车、汽车、飞机与之抵抗;卡夫卡还想到,电报、电话、无线电报是否比信件更好;这些内容都被米勒省略了。)米勒又将卡夫卡那鬼魂样的收信人,同德里达那定义模糊的心灵感应信件的读者,联系起来——"我们不能说收信人存在于信件的面前"。这样的观点加诸哈代的诗——哈代的"我"和"你"对米勒来说都成了绝对的鬼魂。但米勒这一观点却完全忽视了他/她曾经活在世间的事实。如果他/她现在是鬼魂,这也不代表他/她过去一直是个鬼魂。他/她的信是一个活人写给他/她的,尽管这封信被撕碎了、毁坏了,名字和地址也不见了,但这封信曾经有署名也有地址。然而,米勒着迷于保罗·德曼的偏见性的见解,比如德曼认为呼格总是在称呼死人,拟人总是关于死亡与缺场的修辞,是毁坏性的、去拟人化的修辞,米勒就借用了这种观点来描绘他所引用的寓言的消极性。此外,米勒还援引索绪尔的隐形书写（hypogram）来证明寄信人与收信人的鬼魂何以在诗歌中存在。"就像索绪尔所谓的隐形书写一样，信件本身不是由署名和地址本身决定的，而是由一种渗透在每个细微部分、每一个字母中的力量决定的，这种力量使寄信人与收信人的幽灵自我得以存在。"尽管索绪尔早就把隐形书写研究视为一条糟糕的死路，并放弃了这项研究，却不能阻止米勒不断地从膨胀的"理论"库里征引内容。被撕碎的信件成了文本多义性的象征。"这封信绝对没有一般文本所具有的'有机统一性'，它可以是成千上万的碎片。"那么，这成千上万的碎片是哪里来的呢？它们并不在诗中。米勒把信件的碎片作为寓言对待，自然就没有时间关注诗中最具吸引力的意象与惯用语：第一诗节中，鸭子"轻飘的羽毛"停落在"涟漪的边缘"。在这种解读模式中，进入"理论"乱炖的大碗，比倾听诗歌中独特的措辞方式更重要。

　　米勒继续按照这样的方式前进着。诗中提到失去了"我的路径"，在这里又与另一套板"理论"界常用的典故混同起来，这次用的是博尔赫斯的《小径分岔的花园》（"他好像是两个不同的人，或两个叠加的人，一个走在路径上，一个没有，就像博尔赫斯的……"）。"好像"！真是在任意摆布这首诗。（"好像"这类用语在米勒的阅读中发挥了很大作用：好像就是一定是。）博尔赫斯的典故当时是以尼采自我的分裂性为依据的，这一论说本身很有趣，但它只是对博尔赫斯而言是切题的。米勒像疯了一样拿着德里达的"理论"即兴演奏（在他/她"收到信件"以前，没有"人/自我/收信人"，这不是德里达说的原话），他最后说："与其说《被撕毁的信》的读者，通过一种消极感受力，变成了诗歌的写作者—说话者，变成了那个收到信件并被信件困扰的'我'，不如说读者通过一种更为奇怪的变形,变成了那个把诗歌说给或写给的'你'。读者变成了那个让'我'如此'痛苦'的女人。"真的吗?当读者可以与"我"的感受发生联系(如恋爱、感到忧伤等),读者的自我确实可以联想为诗歌中的"我";但读者不大可能会将自己想象成诗的故事情景中撕毁信件的人。而且为什么这个过程是"消极感受力"?这无疑是对济慈著名的"消极感受力"的严重误用。又通过什么奇怪的变形,"你"会变成收到信件的"我"呢?"你,虚伪的读者,我的同类,我的兄弟。"这个《荒原》中的句子能打动我。"那么让我们走吧,你和我";这个《普鲁弗洛克的情歌》中的句子,就没那么能打动我。一种诗中的"你"只在恰当的时候,我才会觉得那是在称呼我。对于给托马斯·哈代的"我"写信的那个人,我觉得我与其没有丝毫个人的交集。而且这个人,再说一遍,一定不是女人。让读者觉得我是一个女人,只可能会是女权主义者一厢情愿的想法,一种为跟随德里达风潮而流行起来的性别混杂。

这个阅读整个就是"理论"虚张声势的混杂物,全都是"理论"的废话。当抑扬顿挫地讲述哈代与德里达之间所谓的心灵感应的联系时,更是充满幻想、任性妄为:

> 哈代的诗,也就是一封以第一人称写给一位无名的"你"的"信",最终在无意之中找到了它的收信人德里达。德里达在毫不知情的情况下变成了信的读者。他被这首诗设定,要从前后左右等方面为这首诗写一个阐释,可以说,在从未想过要与这首诗邂逅的情况下,他成了这一诗—信想让他成为的人,通过这种方式

确认了他自己没有意识到的理论。

这真是胡说八道,全是"理论"作祟导致的误读,和米勒对诗歌的误读一样(德里达从未暗示过,如果某人从未阅读一封信,那么这封信就会自行选择收信人。)这是米勒逡巡在"理论"超级市场货架边横冲直撞时,最可笑的套板反应。他乐观地往手推车里塞入诗歌的钥匙,但大部分钥匙都无法解开诗歌中的任何东西。[29]

套板反应触发误读,它们使读者按照"理论"选择的方向快乐地追逐,而不是按照摆在他们面前的文本指明的方向。米勒向我们证明了,这样的趋势正愈演愈烈,在"理论"的授权下,读者与阅读会直接飞起来,飞越特定文本的字词,跃入"理论"的哲学宇宙那最宽广的归纳空间。这通常是一些带有偏见的宏大归纳——就像米勒的很多归纳——产生于阅读的帽子,向着观众挥舞,而且大都是语言学和哲学上的无稽之谈。然而,"理论"的各类主张都很庞大——宏大"理论"从来不怕做出宏大归纳——因此发出无稽之谈的范围十分广阔。在这一点上,理论从未让我们失望。

例如,贝克特的读者都会得出的典型的结论,很少与贝克特的一些特定文本的焦虑所要揭示的东西一致,倒是与按照"理论"筛选贝克特的文本所得出的套式结论相吻合。"正如诗歌与散文不再有差别,真实与非真实之间也不再有差别。会是像博尔赫斯认为的那样,一切都是虚构吗?剩下的只有语言。""理论"的刷子,以贝克特(和博尔赫斯)的名义,将语言以外的一切东西清扫干净了。其轻描淡写一扫而光,连作家也无法理解。"此文本,和贝克特晚期的文本一样,毫无争议地证明,所见即是想象"。但所见之物是由富有想象力的观察者生产出来的,这种说法只是"理论"得出的结论,而不是贝克特的结论。"每个《莫洛伊》的读者都知道,记忆是发明的别名。"不,如果读了《莫洛伊》,你会发现它没有这么说("错,大错特错"是莫洛伊对这种"言说即发明"思想的矫正)。

贝克特处处破坏语言与现实之间的关系,他让语言搁浅了语言作为表达意思的符号,通过指涉其他词汇来表达意思。……一旦语言的指涉功能被披露为虚假之事,抒情诗就与非抒情诗平起平坐了……按此定义,贝克特极简小说的语言,砍掉了除语言以外的所有事物。一旦认为语言的意义不依赖于外部"现实",相反,语言本身就是其自身含义的来源,那么,语言那更诗意、更传统的用法便至少提供了一种语言的意义。

这是"理论"统一口径的复仇之歌,是"理论"中的狂欢曲,是"理论"拿着非指涉主义者/差异主义者(differentialist)的标尺对贝克特小说的衡量,其结果只能是歪曲,深厚宽广的歪曲,这种歪曲侮辱了作家与写作,侮辱了所有不按教条阅读的读者。贝克特的作品,不论早期的还是晚期的,都不曾将语言与现实分离,或认为语言是自身意义的唯一来源,或者说留给你的只有语言。身心之痛,饱受神学、道德、历史、病腿、渐渐枯萎的身体和死亡折磨的自我,是贝克特文学写作的动因,贯穿其文学写作生涯始终。想象力如何应对这多种多样的身心之痛,以及语言何以在传达这些虚弱情形时出现(以及消失并再出现),

这始终是一个问题。贝克特关心的问题还有,"发明的比例/所认为的巨大比例/你所不知道的事物/威胁/流血的屁股/崩裂的神经/你发明的/但真实或想象不得而知/不可能知道/没说不重要/重要/从过去就很重要/好极了/一件重要的事"。这就是真正的情形,贝克特真正的文本。他的写作认为"流血的屁股/崩裂的神经"都是伟大的现实,是重要的事物,这些事物在现实与想象奇迹般地汇聚的地方得以被理解。[30] 只有粗俗的"理论"才会将意义复杂的地方简化。只有"理论"家粗俗的概念和阐释才会这样做,只有按照"理论"的套板反应才会这样做。对此,需要再听听 I. A. 理查兹的智慧之声:

> 套板反应如同鞋帽中的拉绳,只是为了方便。已经做好的,现成可用,比起现用原材料或半原材料赶制,省去了很多麻烦。确实,一个巨大的套式反应储备库非常必要。如果每次都要对着原材料裁剪,以"量身定制"式的反应面对出现的每一种情形,就不会有思想的繁盛——人们的精神力量很快就耗尽了,这对神经系统的撕裂和消耗太严重了。很显然,有大量的传统活动受制于习得的、刻板的、习惯的反应,我们对这些反应需要考察的是,它们是否对解决眼下的紧急事件,应对一系列可能随之产生的情形,在可立刻执行等方面,是最合适的。同样显而易见的是,大部分活动中的套板反应是不利的,甚至是危险的,因为它妨碍一种更合适应对该情形的反应的发生。这种不合时宜,在诗歌解读的每一个阶段都可以看到……

在"理论"的强迫下,这些不合时宜的确可以在文学"解读的每一个阶段都可以看到"。用理查兹委婉的否定术语来说,这种不合时宜是不利的,甚至是危险的,因为它们确实"妨碍一种应对该情形的更合适的反应的发生"。它们缺乏我所主张的鉴赏力,只有鉴赏力才是应对文学更为合适的法宝。

8
理论的简化性

尽管我们习惯于抽出一整页的词句,而后一把攥出它们的意义,《先知圣典》却在一开始就发出倔强的反抗,将我们绊倒,蒙蔽我们的双眼。

——弗吉尼亚·伍尔夫,《阅读》

20世纪60年代以后的理论是要敞开文学的所有门户。就像乔治·艾略特《米德尔马契》中的牧师卡索邦先生,"理论"想为所有神话、所有文学的神话提供一把或数把解密的钥匙。这一直是一个最大的隐喻,它的目的是让所有文本的阅读成为可能。"理论"意欲施加在各类文本上的阐释学控制极强。所有的文学"理论"都来自宏大"理论"。但实际上它波及之大、控制之强、视野之广却在走向一条削减之路。通过将文学性与文本公式化、模式化,将其还原为文学功能的不同模式,甚至文学性的不同模式,文学"理论"实际上削减了文学性,削减了文本。近来的文本分析,最终成了证明某个"理论"立场或"理论"路线正确性的论证。总有合适的狭槽、恰当的盒子,做好了等着。因此,批评的结论、阅读的结果,总是相近,甚至相同的。差异性在这样的模式解读风潮里被取消了,它不受欢迎、备受忽略。比如,贝克特的所有文本都被吸进同一个袋子,一个"理论"批评家随时携带的袋子。统一尺寸、统一模式,适合所有文本。当普通读者从书店书架上取下一本小说,当他们从图书馆借回家一本小说,或者从网上下载一部小说,当他们开始阅读这些小说,他们寻找的是这本小说与以往小说的不同之处与变化。如有的作家与旧形式不同,这个作家与另一作家不同,这一文本与另一文本不同,这一文本与其作者全部作品中的某个文本不同。这种比对拒绝沦为统一的模式。(尽管有时这种寻求差异的尝试并未得到好的回报。)但普通读者所关心的这些,并不是"理论"化的阅读所要关心的,除非它可以将这些琐碎的差异变为统一的"理论"。

睿智的批评家兼小说家 A. S. 拜厄特对"理论"非常敏感,她曾抱怨说上述现象就是"理论"的还原主义行为。在《传记作家的传记》(*The Biographer's Tale*, 2000)中,主人公兼叙事者辞掉后现代主义文学教师的工作,转而写一本传记:

> 我放弃了解构主义思想,有一个原因是其中有大量令人不悦的强制阐释。你决定你想要找的内容,然后按期望的那样找到——男性霸权、自由人文主义者既成观点等。更糟糕的是,解构主义者会在口头上赞同他们绝对不该施加的思想——他们自

已都会觉得这样的想法在文本中难以找到。他们经常在大多数不同的文本里，找到的是同样的结构、同样的寡欲、同样的逃避。我坚决不想进行这样的强制阅读。

当然，这一放弃批评从事写作的传记作家，很快发现传记写作并非一帆风顺，在他开始研究文本材料时，里面处处都是寡欲和逃避的元素，研究得到的结论甚至与通过解构批评所得到的一样。他对解构主义的质疑与抵抗是合理的。"理论"参与阅读的方式大同小异，"理论"描述总是不可避免地将写作还原为一种或几种特征。"理论"还带来一种令人吃惊的后果，它使文本和读者单调化。"理论"可以让你像一个女人，一个解构主义者，一个新历史主义者，一个后殖民主义者，或像德里达、拉康、福柯那样，作为一个单一的"理论"个体展开阅读，就和你宣称你是一位新批评学者或利维斯主义者，宣称你是文本编辑、传记作家、语文学家或文学史家一样。在"理论"的引导下，你写作时只会怀有一种单一的解读旨趣，并将其他的解读方式暂时屏蔽掉。这在如今这个嚷着尊重文本多义性，视单义与单调的解读为过时的阐释方式的批评时代，是一种十足的讽刺。

我曾提到，这种还原主义现象并不是新近发生的。意识形态一直会让分析变得单薄，蒙蔽分析者，并过分简化极其复杂的东西。你或许会以为，这样一来又会是一大破布袋的情愫和擦泪的纸巾，可事实并非如此，加尔文主义者只看到注定下地狱的罪人，自由市场推销员只看到商店。就像 I. A. 理查兹说的那样，批评家为了简单应付复杂的现象，很轻易地走向了捷径——事实上就是套板反应。然而，捷径终归是捷径,这一路径遗失了太多,尤其当你面对的是人和人的产物——文学是最具代表性的人和人的产物。T. S. 艾略特的 J. 阿尔弗雷德·普鲁弗洛克深知表达性凝视的限制力量,"那些眼睛将你定格在一句成语里"。"当我被格式化,趴伏在图钉上/当我被钉住,在墙上扭动",凡人肉体、交际与词汇的功能空间完全被阻塞了。

那我怎么能开始吐出
我的生活和习惯的全部剩烟头?
我又怎么敢开口?

文学理论经常做出加尔文主义者这样的还原动作,实际是为了成就一种系统的神学。许多理论家都是加尔文主义者和系统的神学家,或者世俗化的神话学家。特里·伊格尔顿曾经是罗马天主教徒,这绝非偶然。诺思洛普·弗莱颇具影响力的系统建构,他环环相扣的批评性剖析,很显然来自他加尔文主义或后加尔文主义的基督教的分类倾向。但弗莱模型的建构——再次提到冬日母题,或者梅尼普式的讽刺文体以及其他的批评衣橱中由他精心裁制的燕尾服一样的文学案例——却只是遵从了"理论"一般都会具有的定义趋势,即按分类的标签开展阅读。[1]

文学的理论化总是按照各类标签进行,如传记谬误、意图主义、感伤主义、现实主义等。我们钟爱这些标签,毕竟它们能替我们展开这么多的阐释。我们如此热爱它们,四处掠夺它们——从修辞中,从文类中,从戏仿中,从语言学中——掠夺它们。不论它们各自的血统为何,均被我们用作便利的阐释学手段和标签。我们把它们分别命名,这是比喻混搭的文本(catachretical text),或者说十四行诗/史诗/讽刺/悲剧,五步抑扬格的诗,或者是一种倒置修辞(hysteron proteron),以此来传达意思,开展阅读,继续展开批评性对话。这样做,在一定程度上确实做到了阐释,传达了意思,开展了阅读。其中肯定有懒惰的成分,这类阅读可以说依赖的是数字、算法,一种自动的、机械化的阐释学。比如,像先锋"理论"家弗拉基米尔·普洛普这样的读者,很显然要的就是这个:他将阅读体系化,将俄国民间故事像林奈的植物学分类那样予以分类,将阐释的不确定性、各种自我评断全部切除,将科学的那种精确投入到文学科学(literary science)中去。这当然省去了个体读者大量的精力与投入。这就是"理论"的价值。普洛普的《民间故事形态学》不仅仅是结构主义奠基之作,也是"理论"实践与追求的典范,因为它表明了"理论"的目标就是使阅读变得简单。"理论"提供的捷径、文学路标、标签在此是为了减轻阐释的麻烦。普洛普非常坦然地划分了民间故事的功能,以此让阐释者的日子好过一些。它们是阐释者的标尺,他们只需拿着这个标尺考察材料,进行精确的测量。"正如我们可以凭标尺量体裁衣,故事也可按照框架予以测量与定义。"[2] 从这一角度来看,能够提供标尺可谓是"理论"最美的一面。

即使我们不是"理论"家,我们也有自己的批评标尺。它们被放在我们每次阅读都会使用的批评工具包内。某种程度上,我们都依赖这样的标识物。文本总会有一些反复出现的普遍特征,这样用我们传统的标尺分析是很有用的。我们的标尺是我们阐释的经典,经典就是标杆、标尺。我们需要它们,这样的标尺不仅对我们分析文本、寻找意义是有用的,而且它们必不可少。但不论它们多么具有启发性,很显然它们只在阅读的开局有用。阅读必须超越那些捷径可以带我们去的地方。捷径总是停得快,走得不彻底,无法阐明一切。捷径太短。"理论"的问题在于,它从未像现在这样如此鼓励省劲,鼓励不要走得深远,它实际上鼓励的是阅读惰性。而问题是,"理论"的标签号称的生动性、广度和范围(记住这是宏大"理论")以及它们的新鲜感(至少在最开始),让我们错以为,借由"理论"就可以在阅读中获得更多严肃的意涵(它们号称可以远远超过之前的批评时代的局限性和业余性)。"理论"的电闪雷鸣让我们震耳欲聋,使我们无法认清理论的傲慢,尤其是20世纪60年代以后的理论。

利用一个词或一个术语展开阅读的寓言,这显然是装在罐子里的批评的世界,这坚果壳内的故事的解读,看上去是多么的丰富,多么茂盛地生长着。它们是如此迅速地被制作出来,塞进一个容易记住的词组里面。这些术语中有很多法语词汇,昭示了外来批评他者的权威性,反映着来自巴黎的"理论"词组短暂的激情:

    文本之外无他物(il n'y pas de hors-texte)。镜渊。差异。延异。差异而非指涉(difference not reference)。缺口(béance)。游戏(jeu)。游戏(play)。即兴。符号游戏(jeu des signifiants)。符号。能指。所指。二元对立。漂浮的能指。超验所指。共时性。历时性。语言。言语。涂抹(sous râture)。书写。女性书写。可写的(scriptible)。断裂(coupure, break, gap, lack)。意义死角。阐释的两种解读(two interpretations of interpreting)。意义

(significance)。意指(signification, signifying)。作者之死。在场。缺场。逻各斯中心主义。菲勒斯中心主义。神学逻各斯中心主义(theologocentric)。菲勒斯逻各斯中心主义(phallocentric)。父权主义。多义性。对话主义(dialogism)。狂欢化。梦工作(dream work)。被压抑的复返(the return of the repressed)。施事话语(performative utterance)。影响的焦虑。凝视。权力。无意识像语言那样结构起来的。非家幻觉。身体。$\frac{S}{s}$。

德里达的仰慕者们曾经拒绝承认,解构主义能够被简化为我们(或者国家学者学会)列举的这个便利的清单。但德里达本人却挥舞着这一清单,认为这是开展他事业的有用的工具或地图。他在给日本朋友的信中写道:"对我来说,解构主义由这几个关键词决定,如'书写''踪迹''延异''替补''处女膜''药''边缘''切片''附饰'等。"德里达又说:"这些命名主要是为了方便。"³ 但这正是这些命名的真正原因。(如果索卡尔没有在他的文章里故意加入这样的名词术语,这些来自"理论"手册中充满思想的时髦词汇和要点,这些"理论"中的示播列,也就不会有索卡尔的恶作剧了。)① 当然,这些名词的确传达了某些含义。它们划定批评领域,标明批评立场,带来对某些阅读细节的关注。如果它们毫无用处,我上面所列出的批评术语就会缺乏描述或警

---

① 1996年,纽约大学的教授索卡尔向文化研究杂志《社会文本》投稿一篇伪科学的文章,题目是《跨越界线:通往量子力学重力理论的转换诠释学》("Transgressing the Boundaries: Toward a Transformative Hermeneutics of Quantum Gravity")。在《社会文本》刊出该文的同日,索卡尔声明该文是恶作剧,这篇文章纯粹是左翼暗号的杂烩、阿谀奉承式的参考、无关紧要的引用、完完全全的胡扯。这令出版《社会文本》的杜克大学蒙羞。

示的力量。

但是,这样做会将文本裁剪变小,小到这个批评术语所能涵盖的阐释范围。因为"理论"就是还原,这样的还原是不可避免的。只要"理论"想要通过阐释公式、算法、模型和地图给阐释者提供方法,就必须对文本进行剪裁。弗拉基米尔·普洛普在所有"理论"家中最为坦诚,他明确表示,还原就是"理论"的目标。"了解行动是如何分布的,我们就可以将每个故事分解为各种成分。"与其他优秀的"理论"家一样,他将自己的编码系统设计得可以适合分析遇到的所有故事。故事主角的 31 种功能,均标上字母与箭头,次功能则标上上标数字,最终构成了一个涵盖所有俄国民间故事,甚至世界上所有地方的民间故事的地图或算法模型。31 种功能,涵盖了民间故事的巨大现象,涵盖了这部小说巨大的现象场。这很显然是一种还原。这一框架适合分析每一个案例,或者每个案例都被处理得适合这一框架。这里举一个每一个独特的情形都被还原为这一公式的例子。对故事《鸿雁》("The Swan-Geese")的分析(记住这是阅读与阐释)变成了:

$$\gamma^1 \beta^1 \delta^1 A^1 C \uparrow \begin{Bmatrix} [DE^1 \text{ neg. } F\text{neg.}] \\ d^7 E^7 F^9 \end{Bmatrix} G^4 K^1 \downarrow [Pr^1 D^1 E^1 F^9 = Rs^4]^3 \quad ^4$$

只有电脑能懂这个吧。公式传达了《鸿雁》的真理,这也是一种阅读。然而,这是还原主义的阅读。最终的结果是,根据适合整部小说文类的还原性理论公式,得到一个简化版的《鸿雁》。所有的"理论"化的阅读本质上都是如此。每次阅读的所得均从"理论"框架中"产出",

就像普洛普的阅读，简化（dinkification）必定会发生。诚然，简化是一种飞白修辞法（catachretical），它会限制和缩减，因而导致扭曲。这种知道是通过知道得更少来实现的。这种阐释文本的方式所依赖的是一种类似资产倒卖的阐释力量。

这是不可避免的，因为这是"理论"所要提供的地图和模型的本质。地图必须是它们所要描绘的真实事物的简化版。它们是袖珍战列舰，或许有一些真火力，但终究是袖珍的。这是公式、模型、地图的本质。想要一张地图有点儿用，就必须让它可以攥在手里，必须方便携带。"让他（旅行者）随身携带一些卡片（也就是地图）或者描述他所游览的乡村的书籍，这对他的探究必有好处。"这是培根在他的《论旅行》（1635）中的话。地图、旅游指南都是有用的法宝，但条件是它们必须像书本一样大小，能写在卡片纸上。地图方便地指引着地理位置，这种方便 handily 就像德语中的手机一词 handys——只有攥在手里的时候才派得上用场。对于将现象套在模型上，它们是很有用的，因为它们通过将事物缩小使现象还原为真相。它们是意义建构与阅读的完美寓言或者模型，因为它影响作者与读者，特别是"理论"作品的作者和读者。地图告诉我们许多信息，"理论"建构就是一种制图学，但也充满了所有地图所包含的陷阱，尤其是那些态度傲慢的"理论"著作。

去地球上的任何地方都需要地图。我们认识回家的路，认识去社区的路，只是因为我们有一张内化了的地图。任何闯入未知领域的人，他要做的第一件事，就是为它绘制一张地图。在这陌生的地方，这不一样的地形，这异域的城市，找到想要走的路，随身带一张地图是必不可少的。没有地图，这个城市对你来说就是一座读不懂的迷宫，一种空白的意指，十足的谜团。就这一问题，罗兰·巴特在他的《符号帝国》中做了生动的解释。因为买不到纸质的导游手册，他无法在东京市中心走动。为了赴约，他只能靠着朋友给他画的草图。我们这些读者，要理解巴特的描述，就要依靠他在书中提供的地图。[5] 得到已出版的地图是将公共领域变为私人领域的第一步。阅读，理解，总是如此，总是需要一张地图。

传统的侦探小说，就是四处游走、寻找出路的小说原型，这类小说最明显的内容就是解开谜团、走出混乱的道德迷宫。这类小说最惊人的地方就在于它对地图的痴迷。这一文类的精华就是向读者展示人与事物的位置、尸体的位置，而提供一个大体的地图对这一文类来说必不可少。地图是侦探小说认识论与阐释学的核心。写作之前画下地图，对写作者的写作是非常有帮助的。作家，特别是小说家，需要地图帮他们把情节理顺，如斯蒂芬·金的挂图，特罗洛普为他的巴塞特郡所编的地图[6]，狄更斯的章节写作计划与笔记["这次不要斯提福兹（Steerforth）。把他排除在外。转向艾米丽。把最后一张分为两个部分"等]。[7] 伟大的弗拉基米尔·纳博科夫认为，阅读要取得些许的进展，都必须要画地图或类似的形式。这一观点很有启发性。纳博科夫20世纪40年代在卫斯理大学与康奈尔大学做的演讲，就完全依赖他自己私下绘制的地图。他罗列了《荒凉山庄》的结构性特征（其中有9个特征是直接仿效了巴特《S/Z》中的5个叙事语码，有一点儿像普洛普那样将俄国民间故事浓缩为31种功能）。他在《荒凉山庄》首页的人物名单上做了笔记（"善良""邪恶""非常善良""温和"等，这等于将出版出来的地图私人化;他列出了四位狄更斯笔下的女孩,每个都是"羞涩动人,照顾别人需要的精灵一样的女孩",他毕竟是《洛丽塔》的作者,所以毫不稀奇)。他还给自己列了一张《荒凉山庄》的主题表,"法庭主题""儿童主题""神秘主题";在这张图表上,人物与话题交叉互动,用他的话说,"这是这本书的主题公式"。他还在一张手绘的英国地图上标注了小说中出现的主要地点。画地图首先是为了让自己理解小说,之后也可以更好地传达给学生。这位讲座者在他的"主旨表"上随意写下的说明是,"打开书本,找到人物列表"。他要让他的学生从他开始阅读的地方开始阅读,将人物图表的注释也一并分享给了学生。纳博科夫坚持认为,这样的图标,这样抽象化的公式,是理解《荒凉山庄》这样的大部头小说的唯一途径。他说,要读懂《尤利西斯》,需要一张都柏林的街道地图;要读好《安娜·卡列尼娜》,一张莫斯科—彼得堡铁路线上火车车座的设计图,则是必不可少的;他还为卡夫卡《变形记》中的格里高尔·萨姆沙的公寓画了草图等。强调画图,谁会反对呢?[8] 事实上,画图确实是阅读所需要的。我们总是或多或少地在以自己的方式,像纳博科夫那样地绘制地图,以此走进小说。"理论"无非是画图这项活动的公众化,为它赋予宏大的吸引力。因此,如果某些理论是理解文学的前提,那人们想从理论中得到的一定是地图的方向性指导。因此,理论著作一直喜欢使用图表和地图绝非偶然,使用的不仅是隐喻意义上的,而且是实际意义上的图表和地图。"理论"的抽象过程常常就是画地图的过程,像 A. J. 格雷马斯提出的行动素框架,他认为这些行动的范畴涵盖了小说中人物的所有行动:特别是一幅描述格雷马斯的 6 种行动素之间的关系图表(6 种行动素

囊括了所有人物,就像普洛普人物的 31 个功能囊括了民间故事中所有可能的人物):

发送者(Sender)→客体(Object)→接受者(Receiver)
　　　　　　　　　↑
辅助者(Helper)→主体(Subject)→反对者(Opponent)

小说中的所有事件,都囊括在一个简单的叙事学图表/地图/模型中(雅各布森的交流模型当然是其基础)。20 世纪 70 年代到 80 年代的各类高深"理论"也是按这样的方式,将小说的分析统统囊括。地图的确有其启发性的用途,如狄更斯的章节写作计划、纳博科夫为《荒凉山庄》画的地图,以及巴特的东京手绘向导图,都是有用的。但需要强调的一点是,所有地图、模型、公式都具有的一种情形是,这种有用性背后,有一些内容是被这些模型/地图所忽略的。这种被忽视的丰富性在阅读小说或者阅读城市的过程中,真的需要讲述出来,因为人们要寻找的是更丰富的知识,而这样丰富的知识没有任何地图可以提供,不论这地图有多尽善尽美。读者最终想要得到的,恰恰是这种更为丰富的知识。要真正感受东京,你要做的不只是阅读地图;你要亲自描绘地图上被标注的街道;地图草草描绘的地点(和人),你要亲自去感触。阅读也是如此。"理论"的地图或许会有帮助,但"理论"的地图和其他地图一样,总是需要补充的,通过如同亲自走走街道那样的亲自阅读来补足"理论"地图的不足,要打开门,走进去,亲自接触一番,感受巴特的导游图要他感受的东西。

不论地图包含着多么具有概括性的概念,不论它具有什么样的描述能力、分析能力、进入单个文本或一组文本现象的能力，这些都是以明显的缺陷为代价的。"理论"对作品扭曲、压榨的方式，那种我前文提到的对文本的怀疑态度，在必不可少的简化行为中，达到了登峰造极的地步，这和所有地图必须实现的简化行为一样。"使缩小"是《失乐园》（第二卷）中弥尔顿的上帝对造反的天使做的事情：他把天使们变小，把他们的城市万魔殿变小。"被变小"是上帝对魔鬼的裁断，是上帝在邪恶上做的记号。被限制，失去施展拳脚的空间——躲在"狭窄的空间"里，在他们城市的小型街道内，魔鬼们"成群结队，拥挤不堪"——只因对至高权力、对拓展欲望的裁夺的不满，只因要谋取上帝的地盘，只因想非法为自己谋得一些生存空间。"理论"家与"理论"在使文本简单化的行为中，对文本表现得很残忍，他们对文本的判断是惩罚性的。

另一方面，简化文本实际上是一种偶像崇拜，按照犹太—基督教《圣经》的标准，这是一种偶像崇拜。其所敬拜的是错误的神祇，降低了上帝的神性，把耶和华巨大、棘手、混乱而真实的存在降低为渺小可知的偶像，旷野中的小金牛，使其他神祇的位置高于上帝。在他1995年为英国心理分析学会所做的极具深刻见解的"恩斯特·琼斯讲座"中，诗人兼牛津大学诗歌教授，詹姆斯·芬顿（James Fenton）谈到了西格蒙德·弗洛伊德与他那一大群小肖像以及玩偶一样的雕像，弗洛伊德着迷一般地总是随身携带这些东西，从家里小心地带到维也纳，当他由维也纳流浪到伦敦，这些东西也依旧随行；芬顿问：弗洛伊德崇拜偶像吗？他是否违背了十诫为自己雕刻了偶像？芬顿对这一问题悬而未答。[9] 很显然，从最严肃的角度来讲，弗洛伊德也是崇拜偶像的——作为一位理论家,一位主教级理论家,一位我们的"理论"运动中的伟大的主教级理论家,他建构了人类自我,将人类的自我分为细小但极有力量的部分——意识、潜意识、自我、本我、力比多、超我、俄狄浦斯情结——这一小组人类功能领域的划分具有极强的还原性(比普洛普的 31 种功能少很多,比巴特的 5 种语码多一点儿)。弗洛伊德当然崇拜偶像。所有的"理论"家都崇拜。"理论"从文本中、文学中制造出偶像、精灵、玩偶和玩具。整个微缩的神祇,整个微缩的人,整个微缩的文本,大声呼喊着要求扩大,要求恢复它们完整的自我。这一声呼喊,有如简·爱被罗切斯特先生带到丝绸货栈套上华贵的衣服,被打扮得像个玩偶一样的时候,所发出的抗议的呼喊。"我绝不能忍受罗切斯特先生把我打扮得像个玩偶一样":她不愿意做罗切斯特的"玩偶",一个按照男性、丈夫的控制性意愿制造的微缩且没有权利的玩物(《简·爱》,第二卷,第九章)。

玩偶不是真人,这是他们的观点。"理论"的模型建构将文本贬低到玩偶、玩具的地步。用爱丽斯·默多克生动的语言说,理论,尤其是 20 世纪 60 年代以后的理论,制作的是"小神话、玩具和水晶"。这句话出自她的有名的文章《反对枯燥》("Against Dryness")。这篇文章反对的是 20 世纪中叶有关现代性的哲学、美学、诗学和文化实践(现代主义、超现实主义、后康德主义、唯物主义和存在主义),因为它们使人类的感觉、人类的语境以及人类所栖居的社会变得单薄;50 年代宣扬的是"有关人类个性异常浅薄而脆弱的看法"。[10] 小神话、玩具和水晶:枯燥、细小、坚硬。她可能是在反思"理论"那粗俗的思想和实践,反思"理论"像地图一样以简化的方式寻求知识。

再说一遍,模型和地图的真正本质是还原。它们生着微型嘴巴,用微型的嘴巴讲话。博尔赫斯写于 1946 年的短篇小说《关于科学的精确性》,讲述了关于 17 世纪一本旅游手册的故事。小说嘲笑了一幅古怪的地图,以及一位违背了画图的缩减原则的画图师:

……在那个帝国里,绘图员的技艺达到如此完美的地步,以至于一个省的地图覆盖了一个城市的空间,而帝国的全图覆盖了整个省。在时间流逝的过程中,这些巨幅地图被发现莫名其妙地欠缺,于是,绘图师公会发展出了一幅与帝国疆土大小一样的并且点对点地与它重合的帝国地图。对地图学并不那么热衷的后人发觉那么大的地图没有什么用处,所以不无残忍地让那地图任由日晒雨淋。西部沙漠至今还保留那已经变成野兽和乞丐巢穴的地图残片,那是在全国唯一可以见到的"地图绘制法"的遗迹。[11]

与现实地点一一对应的地图是毫无用处的模型,是糟糕的制图梦想,是制图师的荒唐作为,也是地图读者的噩梦。这样的地图是理论化的绝对反面,是阐释与阐释学的消极面。它坚守着理论与批评,就像博尔赫斯笔下的彼埃尔·梅纳德——那个一字字抄写了整部《堂吉诃德》的人——坚持做塞万提斯小说的真正读者。地图总是通过歪曲以再现,将事实缩减到一定程度,地图的有用性背后是损失——因为地图耗尽了它旨在再现的全部现实。所有的模型建构者都知道,模型建构者的模型飞机没有搭载任何人类的货物。小人国代表着斯威夫特的英国,但它只是作为一个小的模型,一种现实的比喻。小人国或许再现了斯威夫特的朋友贝克莱大主教《视觉新论》(1709)中的观点，文中的观点十分有道理，他认为，不论我们多么努力地尝试着去看，我们每次能看到的，能领会的，只是现象中的一小部分，这就叫能见度最小化(minima visibilia)。我们当然只能按照一次看到的最小限度去行动。我们的地图和模型或许很小，但我们必须要仔细关注地图和小模型的小。托马斯·哈代的《无名的裘德》中的淑·布里奇海德，展现了类似的对模型建构权力的质疑，她批评巡回展览中的耶路撒冷城市模型是不确切的，缺乏研究的假想，并在自己班级的黑板上描绘了她自己心中的相反的模型。诸如这里所谈及的真理，可以通过某些小人国的版本得以理解，尽管它的可见度被最小化了。但这样的模型不论多么惟妙惟肖都不是真实的物体。模型最大的优势——最小化的是可见的，它与真实维度之间的差异只能通过微型化表示出来——正是它最大的不足。狄更斯与哈代对此心知肚明，小说家路易·费迪南·塞利纳(Louis-Ferdinand Céline)也是如此。

在《荒凉山庄》(第二十章)中，"小鬼"斯墨尔维德跟朋友一起出去吃午餐，在小饭馆里引导大家从"菜单"中点菜。没有人可以一顿吃下所有东西，一顿饭就像一次阐释，需要有所选择，就算是不断在吃东西的贾布林，也吃不下整个菜单里的食物。三人的食物由女服务员端给他们，她"手里托着的东西好像是巴比伦的通天塔的模型，实际上却是一叠扣上扁平锡盖的碟子"。对这些雅士，这些伦敦人，伦敦消费者而言，巴比塔之城以微缩模型的形式出现。尽管模型很像巴别塔，但它仍旧不是巴别塔。这些人所能得到的仅仅是"相似"。模型在启示性上是足够的，但它并不能让他们认识它所代表的一切，就像他们所吃的食物只是整个菜单中的一部分,也足够吃,但这一部分是不能让他们吃到整部菜单中的食物的。盘子组成的巴别塔当然代表真实的巴别塔,也是这座城的有力象征,然而它只不过是微型的。颇似《缓期死亡》(*Death on the Instalment Plan*,英文版 1938)中塞利纳的母亲的店铺中等待修整的那堆破碎蕾丝织物——"一堆恐怖"。这堆破布对塞利纳而言包含了整个城市的真相,它代表巴黎,一个破布版本的巴别塔,但相对于它代表的城市,它是非常渺小的。

伦敦是一叠盘子,巴黎是一堆破布,耶路撒冷是黑板上的涂鸦,英国是小人国,意指以公式 $\frac{S}{s}$ 表示,所有小说的叙事功能由一张涵盖六个行动素和五个箭头的图表表示,文本性由一个词、一句格言表示,阅读从简;模型为整部书代言,微型嘴巴大叫——这一切的力量来自隐喻和转喻,这是以小体格打大赛事的力量。诗歌与小说一直这样做——用微小的事物、单个的意象、最短的故事,来代表最大程度的事实。小事物的力量,如同小的思想有巨大的范围影响力,超越思想表面的重量。正如尼古拉斯·贝克(Nicholas Baker)在《思想的尺寸》(*The Size of Thoughts*,1966)中那有趣的思索,他激情洋溢地写道:

> 一种让整个市中心在它面前站起身来,面露感恩并亲切地呼喊的思想;一种仿佛宏大奔泻着的瀑布一样的思想,带着坚定的希望的符号与千万大提琴合奏的思想;一种可以将电话本一撕两半,可以轻敲经验之铁矿让每根蓝色大梁发声的思想;这种思想,有一天能将所有高贵优良之物纳入公文包,将盲目的馆长推向过去,在夜间驰向真理,用傲慢的大理石肩膀摇动真理,直到真理最

终轻声不情愿地同意——这就是值得人们思索的思想的尺寸。

最好的"理论"的影响范围远大于自我,这是对它的礼赞;"理论"的地图拥有容纳众多事物的囊括能力,这是对它的礼赞。然而,弊端仍然存在。"理论"大师让·鲍德里亚将"拟象"——图像或者文本客体——定义为最后的"理论"之梦,是"与所有现实没有任何关系"的想象性作品。此定义与博尔赫斯有关地图的寓言截然相反,我认为这绝非偶然。鲍德里亚认为,后现代的模型不能再画出地域了。在他充满了影像的后现代世界,模型只会产生"一个没有根源和现实的真实:超真实(hyperreal)"。因此鲍德里亚必须反对博尔赫斯的寓言:它对"理论"模型如何误解世界、贬低世界的洞彻的观察让鲍德里亚很不舒服。他想拥抱这个无罪的正在萎缩的世界,他想成为这个毁灭性世界中快乐的流浪者中最快乐的那一个。[12]

弗拉基米尔·普洛普从很多方面来看都是典范性的理论家,他没有鲍德里亚那种公然的摧毁倾向,他很清楚理论不可避免地会遗漏一些事物。他告诉我们,"叙事功能的数量太少了",而俄国民间故事中的"人物数量却是极大的"。普洛普认为,"这表明故事的两面性":一方面,"故事有着惊人的多样性,图画与色泽;另一方面,故事之间也有很多共性和重复之处"。普洛普的理论著作毫不掩饰地对 31 种叙事功能另眼相看,他知道故事有着惊人的多样性、图画与色泽,但他不予思索。但这等于花大价钱购买知识——他忽略了思想开通的阅读不能忽略的东西。正是小说故事惊人的多样性、图画与色泽,吸引着非理论化的读者,尽管他们也非常清楚,他们恰巧读到的不同小说间,有很多极度重复的叙事。又一个迈克尔·迪布丁或者斯蒂芬·金,又一个爱丽斯·默多克,甚至又一个亨利·詹姆斯,他们或许确实和你之前读的几位作家非常相似,他们自然也与他们再现的文类,与资产阶级小说,与小说、散文甚至文学,有许多共同之处。但是,最重要的是作者这次做的是什么,这与她/他之前做了什么同等重要,甚至比那更为重要。而且,这一定比它们之间的亲缘性、编码的家族相似性,它们共同的文类和形式特点更为重要。而这就是"理论"的抽象化的内涵,通过其以偏概全,必不可少的以偏概全来实现。普洛普认为,所有故事的主人公的行动均被缺失的认知推动着。他没有意识到,对于使用他的公式和叙事功能的颜料描画出的故事人物的独特性,理论并不感兴趣,这本身就是一种大大的缺失。这在推动读者继续阅读的过程中产生了极其消极的影响。

列维-斯特劳斯对普洛普形式主义的讥讽是很有启发性的。列维-斯特劳斯说,它因它的缺失摧毁了小说。这样的"形式主义摧毁了它的研究客体",因为它的分析仅仅局限于句法和横向组合层面,它感兴趣的仅仅是故事的形态、句法与语法的模型。它的分析或者理论地图因此是极其有局限性的。它直接忽略了词汇层面,拒绝运行一种词汇的模型。普洛普形式主义的错误之处在于,它"认为语法问题可以得到彻底解决,字典可以被放置一旁。然而,对于神话和故事而言,更为真实的是语言系统的真实情况,因为语法与词汇不仅在各自的层次上各自运转,密切相关,它们还在各个层面上相互依赖,涵盖彼此"。

这对普洛普的批评是具有毁灭性的,对所有的理论建构和模型建构都是如此,它们为了自身模型的清晰性、地图的易读性而忽略了诸种因素,为了分析("理论"永远的职责)将某些不能永远搁置的考量暂时搁置——从索绪尔最初放弃所指、二分法和言语开始。

形式主义将自己局限在控制命题分组的法则里,错误地忘记了这一事实:词汇可以从句法中推演出来的语言是不存在的。研究任何语言系统,都需要语法学家与语文学家的合作。也就是说,对于口头传统而言,形态学是绝育的,除非直接或间接的民族学观察可以赋予它生殖能力。试想这两个任务可以分开,先进行语法研究,词汇学研究推后,结果只会是一种贫血性的语法和词汇,其中轶事取代了定义。最终,两者都无法实现各自的目的。[13]

绝育、贫血、目的不能达成,这些词足以描述普洛普式分析带来的减缩性结果。只有形态学不行。我认为,普洛普形态化的分析之贫瘠性,代表了"理论"习惯性的绑定做法,代表了它对局限性的描述,它对含义、写作的效果与情感的限制,它对大场域文学现象以及个体文本的简化与裁剪,代表了这一巨大的不受限制的场域中的副现象(epiphenomena)。我们越来越需要阅读,真正的阅读,恰当的阅读。

9
触摸阅读

> 凡是写下来的东西,或是某处,或是处处,或是隐,或是显,都是人类的形状。
>
> ——弗吉尼亚·伍尔夫,《阅读》

像伊塔洛·卡尔维诺说的那样,"理论"如今已尘埃落定,人们依旧在阅读经典。他在对经典的第八个定义中说:"经典是能不断引发批评话语的烟雾(pulviscular cloud)的书,它又总能把那烟雾中的颗粒(particles)给抖落下来。"在所有批评与"理论"的风潮之后,人们依旧在阅读经典。从这一点来看,必须抖落"理论"的灰尘(dust),才能继续经典的阅读。[1] 这么说吧,我赞同只有当"理论"所主张的、所追求的被忽略掉以后,阅读才能有效地、得体地、真正地进行。阅读需要跨越"理论"的藩篱,穿越阿尔卑斯山,或比利牛斯山,超越"理论"在文本与阅读经验周边树立的绝对怀疑主义。"理论"的绝对怀疑主义打碎了阅读交流——阻止对他者与他者文本的他者性的尊重,而据爱丽斯·默多克具有说服力的观察,这正是富有成效的交流的唯一场地,因为它是爱的唯一场地,是唯一的伦理。爱丽斯·默多克寡居的丈夫约翰·贝里(John Bayley)①将伟大小说中的人物称为"爱的人物"(他1960年出版的书籍的名字)。默多克和贝里都认为,伟大的小说与对他者性的尊重密切相关——默多克呼喊的口号是,作者要允许"他者穿过他"。这就是爱,这也是宽宥。而我们看到,"理论"从来不在乎这些:"理论"的程序乃是基于对作者和他/她的文本彻底的不尊重。"理论"怀疑作者和文本,绕过作者和文本,压抑作者和文本,超越作者和文本,贬低作者和文本。"理论"从不宽宥。

约翰·济慈不是一位有着后现代主义倾向的理论家,他在著名的十四行诗《坐下来再读〈李尔王〉》("On Sitting Down to Read King Lear Once Again")中,谈到要"再一次""满怀谦卑地化验"莎士比亚的戏剧。化验它,掂量它的价值,就像一位化验师化验一块矿石里稀有金属的含量,检测一块金子或银子的成色;化验它的时候满怀谦卑,因为面前的东西远胜过他自己,它需要他的敬重,甚至屈从,就像一位逊色的诗人打开最好的匠人的诗集(这是 T. S. 艾略特在《荒原》最前面写给庞德的致辞:"最伟大的匠人")。而"理论"家则相反,总是傲慢地嘲讽,肆意地重写。对他/她来说,没有什么伟大的杰作,不过是再次炫耀他们"理论"的机会,控制手中的作品的机会。我清楚哪一种姿态更适宜阅读伟大的作品——哪一种姿态事实上更尊重阅读文学必须

---

① 约翰·贝里已于 2015 年 1 月 12 日去世。

涉及人性的交流，而这种交流，正是"理论"不遗余力想要予以否定和抹除的。

"理论"的皮浪怀疑主义不仅使文本去人性化，否定文本与作者之间的人性关联，还一举使读者和阅读丧失人性。普洛普的叙事功能当然不如故事中的人物总数多，与跟人物的接触相比，辨认叙事功能需要的对人的兴趣更少。简而言之，普洛普的形态化建构掏空了阅读实践中对人的兴趣。这种建构代表着"理论"蔑视性、推导性的去人性化倾向。毫不奇怪，当文本被蔑视了，我这个读者自然也是被蔑视的。"理论"张举排他性、不宽容的政治姿态，以排除、改变历史与言语的索绪尔主义为基础，它会将不符合自身框架的读者排除在外。要么按照我们的要求读，要么不要读。如果我不是各种"理论"定义好了的、许可了的读者，不是女性、黑人等怎么办呢？如果我是一个欧洲白人男子，这一理论的二号劲敌怎么办（头号劲敌是已去世的欧洲白人男子）？如果像最常出现的那种情况，我是一个"理论"许可和不许可的读者的可爱混合体，在期待与不期待的范畴或"共同体"里进进出出，就像我自己，是一个男子、一位父亲、一个基督徒、一名名校牛津大学的教师，同时也是一个共和党人、一个爱尔兰护照持有者，这该怎么办？我不能像女性那样读书（尽管我努力尝试了），但我可以以一个被殖民部落的一员的身份来读书，尽管我也是这个部落里的一名新教徒。我认为，"理论"排他性的视野不会容许我忠诚于自身矛盾和自身阶级。尽管它们总是四处宣扬差异的光辉所在，但它们并不容许那么多样的人性。凯瑟琳·斯廷普森有一点讲得很好，"女性"这一被四处宣扬的范畴，与现实中多样化的女性身份是格格不入的（女性"作家不

仅仅是女性。'她们同时属于很多写作共同体'")。²

　　人类一直处于"理论"对作者、指射和逻各斯中心主义攻击的核心。人文主义和主体——"主体"既指大街上的人类,也指写作中关注的人类客体——变成一个肮脏的词、不合法的兴趣点、"理论"盛世中备受谴责的关联,它们只可以被嘲笑,被认为是已经探讨彻底了的、去中心化了的、散乱过时了的课题。这种贬低与蔑视的态度,这种报废他物的行动,当然不是持久的。即使在"理论"最辉煌的时候,也有人反对这种说辞,这种反对之前应该有,现在也应该有。如果阅读有一项任务需要完成,那就是人类主体在文本、文本的组织和文本的接受中,要有人类主体的存在,要顾及人类主体的权利和需要。"理论"想干干脆脆地取消人类的中心地位,给它一个消极的位置待着,让它处于空白之中,我想说,这绝非易事。人类过去确实曾慢慢让步,但被压抑的人类总是又返回来,因为作者坚持要活着、要能活动,人类主体不会放弃批评的舞台,不愿意接受对他们的毁损,而且人类主体总会以真实读者,或者多少以自我为中心的人物的形式,在小说中加以刻画,在小说阅读中加以描摹。

　　这不仅仅是跟从解构主义的狡猾逻辑的问题,也不仅仅是将消极的看作积极的问题——要知道,人类主体存在于所有"理论"家消极论证的里里外外,就像保罗·德曼在他的排犹主义的文章(典型的解构主义做法)中认为,犹太文化已经被赋予了其所应得的价值;要知道坚决认定文本具有绝对的不确定性,这种观点本身就显示了一种对文本可确定性的深刻认知[如米歇尔·里法泰尔(Michael Riffaterre)所认为的那样]。³ 但是,通过"理论"的消极性看待旧有的人类阅读契约,也并非全无收获。例如"理论"家坚定地将他或她推向阅读的舞台,进入阅读的现场,这本身就是对人类身份的宣告,对人类主体在阅读行为中的必要性的肯定,以及对人与文本的交流关系的肯定。即使政治性阅读的那种冷峻的排他性与界定性做法——如伊哈布·哈桑所谓的根据 GRIM(the Great Rumbling Ideological Machine,伟大的隆隆作响的意识形态机器)进行阅读[4]——也是以对性别、种族和阶级划分有着人类情感的真实读者的名义进行的(如丽莎·雅尔丁在伦敦大学玛丽皇后学院任教时,直接将菲利普·拉金从教学大纲中剔除,因为她那里的学生,主要是黑人、女性和来自中产阶级的学生,他们不必忍受有着情色厌女症的白人男性的精英主义)。[5]

我们本来不必等到保罗·德曼事件发生,才在批评中回归对人的关注——尽管这一事件确实让他的学生和粉丝们强烈地意识到文本中历史与指涉的重要性,而且也确实有力地推动了这一关注点的回归,特别是在美国,人们重新回到大屠杀,回到充满大屠杀记忆的文本,将整个文学看作人类的档案库,尤其充满了记忆、哀思与喜庆的事件。(一次,肖珊娜·费尔曼为她的老师辩护,理由是他讲授的就是文本中历史与指涉并不重要。后来,她又在论文集《证词:文学中见证的危机》中作了反思,尽管仍然是试图尽力为保罗·德曼洗白一下。这次她说,在德曼与本雅明就译者任务完成之"不可能性"这一问题上展开论战,反对"本雅明当代历史可以得到充分言说的观点"时——她毫不关心德曼误读了本雅明的 $Aufgabe$ 一词——德曼赞同写作中是有着个人与历史的存在。)[6] 历史真实的人类主体早在解构主义悲剧剧情突转之前,就已经开始回归。解构主义的悲剧来自真正的发现使得启发式的呼喊相形见绌,来源于人们意识到了"理论"领袖的来路,认识到"理论"对历史的压制实际上等于个人对历史轨迹的掩盖。

米歇尔·福柯对身体的关注传播到了各个角落,很显然,这促进了人们对人的关注的回归:你不可能对身体感兴趣,而对施加在身体上的权力不感兴趣。这是一种真实的兴趣,一种对自己身体的所有者的兴趣。(当下的批评、历史学和文化研究等领域,对身体有着广泛的兴趣——世界各地几乎没有一个博物馆不展示身体、解剖和医学实践。这不仅表明福柯的分析具有强大的生产能力,而且表明人们对人类主体兴趣的广泛回归。)雅克·德里达几乎从20世纪60年代中期就开始抗议美国学者对他的解构主义分析的看法。他认为他被这些人误以为他对人的在场与人的历史持否定态度(美国学界不肯倾听他真实的观点,正表明美国学界中被植入的意识形态需求的根深蒂固,他们需要这样的意识形态去反对人的在场和人的历史:我们需要进一步分析和解释,二战以后美国学术界与知识界生活状态的政治原因)。罗兰·巴特几乎刚刚在英语国家以形式主义者为人所知,就开始从纯粹的形式主义解构主义,转向了后结构主义者对人类世界的拥抱。《S/Z》的叙事语码立刻引入了文本的语境,巴特所谓的文本的"文化语码"。"文化语码"与文本所产生的所有知识都密切相关:身体的、生理的、医学的、心理的、历史的,以及文学的。[7] 不久之后,纯粹结构主义者对作者、历史、民族和宗教的忽视行为几乎都消失了,这些特征在巴特的标志性结构主义文章《与天使的斗争》("The Struggle with the Angel")中被刻意忽略[8],因为巴特在他的《罗兰·巴特谈罗兰·巴特》(*Barthes par Barthes*,谈及凉鞋、法国南部没有种植甜菜的道路等)

中,将自己定位为一个读者,一个主体,一个作家。而作家的声音纹理(grain of voice)在阅读中是十分关键的,他还在书中提倡一种将文学视作各种人类话题的容器的观念,特别是身体、疼痛、悲伤、欲望、哀悼和记忆等话题。[9] 可以说,我们所爱和所渴望的人的真实的缺场,概括了各种文本,而不仅仅是《明室》(*Camera Lucida*)中的图片文本中的,那种期望缺场或已故者在场的欲望,代表了各种文本中关于人之在场的不完美现实。这一在场在身体和自我被快乐、痛苦刺穿(巴特语)时尤为真切。《明室》所讨论的刺点(punctum),让人痛苦的穿孔,由于失去与随之产生的情感所带来的孔洞,对于巴特来说不仅仅构成了生命、肉体与他所寄居的身体的绝对核心,还构成了阅读的寓言、文本意义的寓言。有着受虐狂倾向的《萨德/傅里叶/罗耀拉》一书跟《明室》有着相同的立场。[10] 哀悼的问题,以及与之相关的重大话题,如作为古老已逝之物的档案库的文本,作为悼词的文本,用来书写哀伤与失去的文本,用来书写那希冀失而复得的焦急欲望的文本,再次出现在了写作之中("莫哭泣,伤心的牧羊人莫再哭泣,/因为利西达斯你的哀伤的人未曾死去"):保罗·德曼去世以后,德里达开始更为关注议题。但德里达对哀悼的文本性的兴趣绝不仅仅体现在他对逝去的动容,这是最表面的,他作为一个犹太人,一个逃离了大屠杀时代的孩子,一个在核毁灭威胁下长大的人,他很早就对逝去与缺场的主题怀有兴趣。在最后几十年的解构主义批评中,悲伤、逝去和记忆的现实的问题是德里达关注的核心,构成了他阅读主题中最基本的内容:友情、法律、证词、礼物、好客、宗教、世界主义、宽宥、死刑等。不难想到,这些分析当然是沿着解构主义所一向喜欢的二元对立的路线进行的,两者不可抵消,也不可通约,陷在一种进退两难的处境中。这成了德里达分析的标志。[11]

然而,无论"理论"在德里达的游移不定中带来了什么样的困惑,一个最基本的事实是,德里达的阅读有了历史指涉、政治指涉的参与,也有了情感和伦理的参与。语言学转向大框架内的重大政治化也是这种情形。我认为,这种文本的人类关切是不可避免的。当然,德里达式的"理论"家对任何积极的内容都是持怀疑态度的——罗兰·巴特也是如此,例如,在《萨德/傅里叶/罗耀拉》中,他否认可以触及意义,否认可以触及"信息",否认存在得知文本真理("信仰、邪恶","社会责任感")的所谓的旧式保障,否认旧有的阅读与写作的伦理目的。但德里达所谓的"具体的历史",读者具体所在的以及被放入的历史、政治环境和民族的具体性,是拒绝动摇或剪裁的——就像罗兰·巴特禁不住(我愿意这么认为)认为,"文本的趣味性代表着作者的友善的回归",一个有血有肉的作者的回归,以及有血有肉、有情感以及自我不可避免地被"资本主义意识形态"控制了的读者的回归。这一自我,由现在的政治与伦理定义,由现在的"决断、展望与预测"定义,这一自我渴望"信息",必须"倾听信息的传达",倾听信息中的欢乐,倾听信息里的情感负担。

在这些案例中,"理论"施加在阅读上的限制与勉强是清晰可见的,而同样清晰的是,传统阅读方式依然坚守在那里。按照这种阅读方式,最好的阅读被认为是一件需要整个人参与到文本中去的复杂事体。可以想到的是,最好的阅读始于身体的接触,始于以身体的方式细读文本。如切斯瓦夫·米沃什在他的一首极好的诗《阅读》中所写的——讲的是阅读希腊语福音书并从中发现 20 世纪妖魔化的真理,当读者翻开他的手指触碰过的文本,他的手指循着纸页上的字行移动着,将这些字变为他口中的音。

> 你问我阅读希腊语福音书有什么好处。
> 我答曰我们的手指应当沿着
> 比刻在石头中的字词更不可磨灭的字行移动,
> 而后慢慢读出每一个音节,
> 我们发现了言语真正的尊严。[12]

阅读始于近距离的身体接触,随后转变为与文本心理和情感的近距离接触,通过这一系列接触,阅读带来的结果是对整个人的道德教化。这一教化深植于理性之中,但更植于感性之中。这种阅读的结果类似亚里士多德与其后追随他的文艺复兴批评家所说的"宣泄"(katharsis)——一种情感自我的净化,一种随悲剧情感的起起伏伏而带来的道德上的滋养。玛莎·努斯鲍姆(Martha Nussbaum)在她非常有教益的《善的脆弱性》"插曲二:幸运与悲剧情感"一节中将其称为,依希腊悲剧的情动而产生的道德结果。[13]

阅读的过程是伦理的情动效应(affect-effect),阅读的法则是道德的教化,这样看待阅读,使批评家依据基督教的传统建构了圣礼或圣餐模型。"拿起饼来,这是我的(文本的)身体,为你们而舍的;你们当如此行,为的是纪念我。你们每逢吃饼,喝这一杯,是表明主的死亡,直等他到来。"(《哥林多前书》:11)这里要吃、要消化吸收的,是文本的身体、作为身体的文本、他者的身体、作为他者的文本。这是一种隐喻式行为,一种个人接受与反思的行为,既是一种内在事件,又是外在行为,一种对俗世的见证行为——它有着看得见的,也有着看不见的效果。在这一符号的共享与互相意指的体系中,人们接受、占有被给予的符号。在这一圣餐聚会里,这一行为被保佑和赐福,被标记为属于基督的、神圣的行为。在这一模型中阅读,读者也是被保佑和赐福的,被标记为文本自身的读者。

犹太一基督教传统常常思索上帝之言的甜美。《诗篇》中耶和华的话语常常是甜美的,犹如嘴中的蜜汁。杰拉德·曼利·霍普金斯在他的诗《费利克斯·兰德尔》("Felix Randal")中,谈到了圣餐"甜美的缓刑"。在上帝的餐桌前欢欣地饮用,至少可以仔细品尝它是否甜美。济慈在《李尔王》中正确地品尝了"莎士比亚果实的甜美"。格雷厄姆·格林《命运的核心》中的斯科比,身负不可饶恕的大罪,在食用圣餐时,他觉得圣餐是一种"无期徒刑的苍白的纸的味道压在他的舌头上"。但问题的关键是,按照这样的模型来阅读,至少有东西可以品尝,有一种清晰明确的东西可以吸收。*Crede et manducasti* 这一奥古斯汀的概念意思是:相信上帝,为你的心灵吃下你的食物。上帝的言语、基督的肉体成了你:于你的情感、道德与精神有益。所有以自我建构的阅读模式为主导的阅读也是如此。你仔细阅读的文本的词汇成了你,进入你的身体,发挥着个人化的效果。这就是为什么柯勒律治可以想象自己身体里有一种哈姆雷特的味道,为什么 T.S. 艾略特的普鲁弗洛克可以在他自己身上尝试各种文学模型(哈姆雷特? 服务员领班? 小丑?),为什么哈罗德·布鲁姆宣扬读者要成为你所读的内容

(吸收诗歌,记住它,成为它)¹⁴,为什么伊塔洛·卡尔维诺将经典定义为你成为的书,那种因为进入你太多而成了你的书。"'你的'经典是一本……可以帮助你根据它甚至跟它反着来定义你的书。"¹⁵布鲁姆在《如何阅读》中告诉我们,艾米莉·迪金森"阅读《圣经》和阅读莎士比亚与狄更斯一样多,她从中寻找那些她可以吸收转化为自己的戏剧的人物"。这样做的并不独她一人,这样的学习曾经是常态,这也应该成为现在的常态。这也是伟大的伽达默尔所谓的读者视域与文本视域相融合的思想所要真正追求的。¹⁶

对于一些传统的观念和思想,20世纪60年代以后的理论故意与之疏远。的确,读者的一些更为强烈的普鲁弗洛克式的变成了小说中的人物的说法,总是有点儿自吹自擂的幻想的味道,比如柯勒律治幻想自己身上有一股哈姆雷特的味道,布鲁姆认为他就是福斯塔夫等。¹⁷这类的阅读能够发生,而且应该发生,忽视这种看法,会耗尽阅读的理念。玛莎·努斯鲍姆曾谴责"理论"家不仅忽略了道德哲学家的作品,而且忽略了那些有着浓厚的文学旨趣的道德哲学家的作品,其中就有爱丽斯·默多克的。努斯鲍姆的批评是很有道理的。令人吃惊的是,这些"理论"竟然忽略了爱丽斯·默多克所指出的文学的道德力量。她那些极有力量的言论表明,她不仅是一位具有非凡实力的小说家,也是一位博学的道德哲学家。她认为,当一位作家在他的小说中出于对"他者的他者性"的尊重,竭尽全力塑造出"自由的"人物,他就是一位典型的"善良的人"。这不只是他对作家的善良与否的定义,也是对普通人的善良观的定义。当这种道德出现在了小说中,文学就是道德思想的集合,这一观点是具有道德教益性的。¹⁸正如努斯鲍姆所言,我们竟然没有看到,"理论"抹除了曾经奉为标准的观念,即文学是关乎人类行为,关乎如何生活的,是一种必然为它们的读者的真实生活提供反思的镜子的再现。这真是不可思议。努斯鲍姆回应默多克说,文学就是一种道德哲学,珍视文学的道德教益和情感教益的阅读理论是正确的,而否定这样的观点就是对文学的误解。[19]我认为,如果个人交流不曾发生,阅读行为就是被严重损坏了的。"理论"想把这种阅读驱逐到古拉格群岛上,把它们重新找回是绝对必要的。

我已经说过,阅读实践很难符合20世纪60年代以后的理论自我否定的要求,而伦理—情感的情动效应(ethical-emotional affect-effect)正在或多或少地回归,为的就是要让充满节制的"理论"认识到自身的不足。然而这一点是需要反复声明、一再声明的,要公开地而非遮遮掩掩地、偶然地或羞愧地声明,也不要以三心二意、半解构主义的方式来声明。我在文学与历史领域,我所想到的所有阅读情形都表明,我们需要它的回归。小说在呼唤得到这样的阅读:玛莎·努斯鲍姆曾强有力地指出,她认为亨利·詹姆斯的小说讲的全是如何通过阅读达到伦理修养的成熟,这需要读者在阅读中存在强烈的观察与审视的敏感性。

詹姆斯一次又一次地呈现阅读的场景,通过生动的方式精心建构了这种具有启发性和教育性的阅读过程。例如,在《使节》中,斯特瑞塞与查德和维奥内夫人的相遇(1902,纽约版第3—4章),是描写具有教育意义的相遇情节中有名的例子。斯特瑞塞在法国的乡村,一天外出,在位于河边的一家小饭馆等服务员上晚餐的时候,看见有对年轻伴侣撑船驶来。他惊讶地意识到,他们就是他的美国朋友查德和他的法国朋友维奥内夫人。他注意到他们的惊愕,随后看到了他们之间的亲密举动。这种亲密关系他们讳莫如深。这对他的清教主义观念是一种打击,然而这也是他的法国之行迫使他走上道德修正之旅的重要因素。詹姆斯慢慢营造出的视觉危急时刻,使得这一相遇也成了阅读的一种寓言。在这之前,他已经感到自己在法国乡村的四处游荡,是在一个朗比内(Emile Charles Lambinet)的油画的框架内的游荡,他在波士顿的商贩那里看到这幅画时就很为之感动。他"正自在地在这画框里行走"。他还想起了莫泊桑的一个故事。他觉得整个人都在一个"幻象之地",感觉自己身处一台戏剧当中,正在看台上的表演,或者就在"舞台和场景"之中。他知道自己在"一个文本"中,能感到"这个清凉下午的每一阵风","都是文本中的一个音节"。换言之,他就在一部小说中,或者就在一部戏剧中,既是参与者也是观察者,既是读者也是"理论"家。斯特瑞塞读得很慢,但他的字词感觉很敏锐。查德和维奥内夫人"把他们自己清晰地表现了出来"。"空气"中"充满"了"亲密感"。斯特瑞塞可以感受事物,理解事物,领会他对这个女人所了解的内容。他有意识地去观察。他没有立刻理解这一场景的含义的丰富性,这需要反思(詹姆斯最擅长描写的心理活动)。但当他反思的时候,当他对所感受到的印象加以阐释,对其加以思索,"许多事情……就拼在一起了"。有些丰富的内涵需要思索才能得到。回到宾馆,"他就可以从他的视角全面、完全理解它了"。这种理解是一个寻找、发现、看清事物本真的过程。它也是一种发明,一种编造(making up),一种对阐释故事的讲述。但它是一种丰富性,一种道德的丰富性。"他渐渐明白,这件有趣的事情里有一个谎言——经深思熟虑就可非常清楚地指出这一谎言。""这亲密关系的深刻的真相"就被"展露了出来"。这个谎言蕴含着一个真理:阅读是为了通过道德和情感的震撼,通过思索和领会,获得知识,道德的知识。

这种领悟来得非常缓慢,要慢慢地亲自参与到迷人的文本现场中去——詹姆斯甚至用了对他来说非常粗暴的"挖凿"(gouging)的隐喻来说明。斯特瑞塞必须用他的指甲盖,在比喻的意义上,来挖掘出这个场景的意义。他"向着更深处挖凿"。但这种挖凿是有效果的,在人物的层面是有效果的。斯特瑞塞在道德上有所发展,他的阐释学是一种被道德化了,具有道德教化力量、强烈伦理意义的阐释学。在这一相遇中,两者在道德上的互惠是十分强烈的。参与到这一道德场景中的斯特瑞塞,因之在道德上发生了改变,查德和维奥内夫人也是如此。斯特瑞塞在阅读他们的时候,他们也在阅读斯特瑞塞。阐释视域的汇合转变了他们彼此。对于詹姆斯读者的代表,这些人,特别是斯特瑞塞,将再也不会遇到这样的情形。尽管其中有震惊,有惊奇,也有闹剧的暗示("作为虚构和闹剧的同性恋"),但这两人的谎言以及背后的真相渐渐显现在意识之中。这种对意义真相的认知以及最终转变而来的道德结果,是一种缓慢的进程。从这一角度来看,阅读过程是迟疑的而非迅疾的,它需要一种努力的挖凿,但最终没有意义死角。这是超越了意义死角的阅读,超越了意义死角的阐释学和认识论。

文学和历史还向我们呈现出了其他的阅读场景,不仅仅是我前面所讲的读者。鲁滨逊·克鲁索通过阅读《圣经》以求得救赎,玛姬·杜黎弗在托马斯-肯比斯①的书页间萌生了遁世修行的念头。这些纸页

---

① 乔治·艾略特的小说《弗洛斯河上的磨坊》中的人物。

上的文字成了"为了他们"而生的文字。

> 我每日读上帝之言,以它所有的告慰安抚我的现状:一日清晨,我神伤不已,打开《圣经》,看到这些文字:"我不会,永远也不会离开你,也不会放弃你。"我顿时觉得这是为我而讲的话语。在我正为我所陷的处境悲悼,以为自己被人类和上帝一齐抛弃之时,这些话还会是对谁讲的呢?[20]

克鲁索是如此想的,其他的经典文学读者在阅读经典小说时,也是如此。例如,小简·爱也是如此。在《简·爱》开篇,她正阅读比威克的《英国鸟类史》的"开头几页",作者就是以这样的方式让我们认识简·爱的。她在比威克的文字与图画中发现一只在冰天雪地的北国风光间的孤独的海鸟,这就像她,一个寄居姨妈家,并不受欢迎的外来客。"对这些苍白的王国,我有了自己的看法。""每幅图画都在讲述一个故事,而我理解力尚为稚嫩,感受力也有所欠缺,这些也就显得神秘不已,但都十分有趣":就像女仆贝西有时候讲故事"那么有趣",能够"以取自古老的神话故事和歌谣,或者《帕美拉》以及《摩兰伯爵亨利的历史》(后来我发现了这些书)里的爱与冒险的篇章,喂饱我们的急切的好奇心"。这样的阅读是为了快乐,这些夹杂着痛苦的快乐是在弗洛伊德充满揶揄的术语"快乐原则"的"超越"之中的。这样的阅读也是为了知识,更重要的是,是为了一种自我认知,帮助自己对自身的处境有所理解、有所感知。这是一种情感教育,也是一种自我武装。所以当简肥胖的表哥拦住她不让她读他的书(这些书"都是我的"),拿书砸向她,使得她为了躲避飞来的"炸弹"而把头撞到了门上的时候,她知道该如何描述他的残酷。"你就像个杀人犯——你就像个奴隶主——你就像个罗马君主!"用玛丽·卡迪纳尔(Marie Cardinale)的话说,阅读给了简"去描述它的话"(The Words to Say It)。"我已经读了戈德史密斯的《罗马史》,对尼禄和卡利古拉等罗马君主有了自己的看法;我暗地里将两者比较,但是我从未想过要把这些大声喊出来。"在阅读的私人空间中形成了自己的观点,在静默的阅读领会里做出比对,这使简可以触及通俗易懂的含义和阐释。她的话的确让她深陷麻烦。约翰表哥扑向她,扯住她的头发,大骂她是老鼠。他们撕扯在一起,她因为这一"疯狂的画面"被锁进了小红屋。但这并不是说,她从书中学到的东西是不得体的。

当然,这些对阅读的积极效果的经典反思,确实是承认误读存在的。我们甚至会得到一种德里达式的感悟,即在这种自我反思的元文本时刻,有用的阅读、有帮助的阅读,只有在有误读的地方,才会发生,才可以预想。"小心/误释;因为这非但/不会带来益处,还会害了你自己:/借着误释,邪恶走了进来。"这是班扬《天路历程》(1678—1684)的结尾诗篇,这首诗以长长的篇幅表明阅读《圣经》有着读对的可能,也有着读错的可能。《简·爱》中,那些加尔文主义的男性读者,如牧师布罗克赫斯特先生和传教士圣约翰·里弗斯,就是误释了《圣经》的读者。他们给《圣经》的真正读者简和她的朋友海伦·伯恩斯带来了不安。但他们并不像我们可恶的"理论"家那样,仅仅由于文本有着明显的多义性和不确定性甚至意义死角,就仓促地下结论说,真正有教益性的阅读、有益的确定性的阅读是不可能的。

> 掀开帘子,从我的纱幕里看;
> 揭开我的隐喻,不要错过
> 此处对一颗真诚的心灵有益的
> 东西,如若你去将它们找寻。

班扬的结尾诗篇继续这样写道。超越,超越,透过班扬寓言与隐喻的纱幕,可以找到一些有用的东西;但只有真诚的找寻者,只有期待着道德的邂逅的读者,才能找得到。在那里等待售出的,是一种遵循了阅读的伦理法则的最私人的邂逅。

> 鲍斯韦尔暴躁的朋友
> 和他喧闹的言语冲突,
> 伊凡·伊里奇之死
> 告诉了我生活更多的东西,
> 我们众所周知的呼吸
> 的意义与目的,
> 都十分私人
> 比大屠杀更甚……

这是爱尔兰诗人爱德温·缪尔的诗歌《战时阅读》("Reading in Wartime")。[21]文本中的个性只对读者个人讲述,但仅仅用一种班扬式的语汇。班扬与缪尔的启示录共同依赖一条法则,班扬称之为真诚,爱丽斯·默多克称之为爱——对他人的他者性的尊重,对缪尔在如此生动的文本中发现的个性的尊重,我称之为鉴赏力,这是"理论"误读和误解中所缺失的,是其触觉失败的原因,是文本与文本性处置不当的缘由。

鉴赏力是温柔地触碰,悉心而充满爱意地触碰,恰如殷勤地处理,非操纵性地阅读。那种切斯瓦夫·米沃什的手指沿着希腊文版的《旧约》的字行移动的触碰。"理论"和"理论"家对待文本的方法一直是错误的。他们并不在乎圣餐模型,我想这至少是因为圣餐的礼仪性效果需要借助圣物,面包啊,酒啊之类的。这些圣物可以被耐心地、敏感地拿着,可以以小心谨慎的目光对待,就像圣保罗说的那样,如同"看着主的肉体"。这种细致的关注(西蒙娜·薇依称之为一种宗教态度,这也很吸引爱丽斯·默多克)体现在圣餐者干净的双手上。这双手反映的是一颗"干净的"心灵。这双手尊重手里的食物,不抢夺,不污损,也不虐待,这将要被虔诚地吞下的圣物。

对信徒与牧师的祭坛或圣餐桌上的行为的严肃反思有漫长的历史,其主要关注的就是双手在递接圣餐面包时的行为。这些讨论充满对行为失当的恐惧。弥尔顿在《论改革英格兰教会关于触碰的规定:及其成因》(*Of Reformation Touching Church-Discipline in England:and the Causes that hitherto have hindered it*,1641)中,对信教最严苛的讽刺,针对的就是那些将圣餐桌与信徒隔离开来的牧师。他们阻止主的子民过分亲近面包与酒中主的肉体——"把凡人亵渎性的触碰挡在外面",而只有坏的牧师才会认为这触碰是具有亵渎性的,"这下流肥胖的牧师有所顾忌,认为手不应该像抓他酒馆里的胸脯肉一样,去撕碎圣餐的面包"。[22] 主的子民需要近距离的触碰，肥胖的牧师需要分清楚神圣的面包同他酒馆里的小点心是不同的。邪恶的手挡在了圣餐交流与真正的领圣餐者前方。

T. S. 艾略特写于1920年的诗《小老头》("Gerontion")中，领圣餐者的问题就出在他们的手上。基督在"正当年轻的岁月"（juvescence of the year）降临，"在窃窃私语者中间／被吃掉，被分割，被饮用"。然而西尔弗罗先生的"摩挲的双手"（太商人气息了？），博川先生鞠躬时双手合十（他崇拜的是艺术，他在提香的画作间鞠躬），德汤奈斯特夫人在移动蜡烛的双手（她在"黑暗的屋子里"正准备一场降神会：召唤死者魂灵的邪恶作为，是犹太—基督教传统所禁止的），冯库尔普小姐放在卧室门把手上的手（一种可耻的性邀请？），这些都是不合理的。这些都是对上帝之言的错误领受者，"言中之言无法说出一句话"——无法对这些错误的领受者言说。而这里所缺失的事实上正是鉴赏力。

鉴赏是恰当的触觉；正直的领圣餐者的温柔触碰。在所奉上的圣餐面前，鉴赏是得体的表现，是恰当的关注方式，一种温柔的触碰，温柔的关注。以鉴赏的方式正确地伸出双手，来自温存的肉体的温柔的双手，而身体是往前靠的，恭敬地靠前，要领受圣物的身体。这一触碰会使得触碰者被触碰，在情感知觉中产生情动。依旧是仔细的阅读。鉴赏得体的领圣餐者温柔体贴的观察性的触碰。恋人。

那么亲吻那些良善的海龟，如此虔诚地
如牧师递出神圣的祭品
医生在寻觅伤口时也如此

如我们相见时的拥抱、触摸或亲吻。

约翰·多恩在他的《挽歌 8》中这样写道。多恩对细腻或非细腻的身体触碰知之一二，所以将身体虔诚的接触与牧师充满敬重的手势联系起来，与手持观察仪器寻找伤口的医生联系起来。灵活的双手，真正虔诚的双手的合谋。不像"理论"家的双手，依据自己的原则虐待文本。罗兰·巴特在《神话学》中讨论拳击时，实际是在颂扬女性化的拳击手托万，这个无耻之徒的欺骗性拳击；他在分析雅各布的摔跤故事的时候，实际也是对雅各布的神圣敌手的欺骗性拳击的赞扬。[23] 真正的读者不会撕扯和抓挠，不会虐待文本。真正的读者是具有鉴赏力的。D. H. 劳伦斯曾经发表过一个看法，非常有名，他说，小说中的道德是"微妙的，在我与我周围的环境之间维持着一种摇摆多变的平衡"，小说家不会"按照自己的喜好，染指这个天平，扰乱其平衡，这是不道德的"。只有这样，这种平衡才能得以维持。[24] 阅读也是如此。鉴赏意味着不要有粗笨的大拇指，而"理论"家就有粗笨的大拇指。"理论"常常就是阅读的粗笨大拇指。斯坦利·费什曾声明他在将阅读理论化的时候遵循的是"拇指规则"，而不是合理的规则。[25]① 太多"理论"遵循的是粗笨的拇指规则。毫无鉴赏力的触碰。

"理论"总是将自己表现得十分笨拙，在鉴赏力上、细致度上、关注度上，做得相当失败。这并不让人吃惊。正是这些缺失导致了"理论"的闭塞、远距离的带阻隔的阅读，以及应用了重重套板理念的实践，此

---

① 经济学术语"拇指规则"是指经济决策者对信息的处理方式不是按照理性预期的方式，把所有获得的信息都引入决策模型中，他们往往遵循的是：只考虑重要信息，而忽略掉其他信息。

类景况一再发生。因此,当"理论"家需要处理实际上需要双手触碰、感知的文本时,自然也就因为自己毫无鉴赏力,而表现得格外糟糕。

《伟大前程》中的很多内容均跟双手有关——双手是阶级的标志(皮普的一双小手是铁匠的手,乔伊·葛吉瑞的一双大手是铁匠的手——艾丝黛拉拿工人的手羞辱了皮普),双手是资产阶级对肮脏的工人、罪犯和监犯的恐惧的见证(监犯马格韦契那"灰褐色、粗大、布满青筋的双手";监犯妓女莫莉格外有力的手腕;律师贾格斯的洗手癖,他"要将新门监狱的污秽从指甲盖中洗去",等等)。小说中的社会—死人—道德象征体系就是一个详细的手的符号学。解读《伟大前程》的"理论"家关注狄更斯的手部描写是正确的,但是威廉·A.科恩对"《伟大前程》中的手部动作"的阐释非常缺乏鉴赏力,而且大错特错。根据他备受压抑的维多利亚主义观念,双手一直在捉弄人——如果狄更斯没有压抑他的欲望,如果他公开他的手淫的秘密,而不是拐弯抹角地谈论,事情或许会是相反的。皮普"由于我的手套指头僵硬且太长",因此不能轻松地摇动郝薇香小姐的门铃。这代表着"人为的勃起",与他"勃发的前程"偶合,这一"勃发的前程"表现为"性羞辱"(sexualized humiliation)。小说中所有男性间的握手都代表一种被压抑的男同性恋欲望的相遇。小说中的拳击、殴打也都是如此。律师贾格斯,那个洗手者,左手插在口袋里,嘴里咬着粗大的右手的手指——那么,他嘴里咬着一根手指,意指吮吸阴茎(但是他没有:你咬手指的时候不会吮吸它,而且这两个动作都跟阴茎插入嘴中无关),插在口袋里的手那就当然意指手淫,勃起的"鼓起的""私密"。

马格韦契喜欢触碰皮普,从他们在沼泽地第一次相遇,当他抓住这个孩子头朝下地倒拎起来，把他的口袋里的东西都倒在地上（口袋，噢……），这都表明马格韦契"表现出某种恋童癖倾向"（某种恋童癖：那这到底是不是恋童癖呢？），是"好色的抚摸"。当马格韦契从澳大利亚回来，走上皮普的楼梯，将手伸向抗拒与被抗拒的皮普，亲吻皮普的手，将他的手放在皮普的肩膀上，等等，到达了自童年就开始的"触碰的高潮"，如今变为"情色芭蕾舞表演中吻手的形式"。科恩说："叙述中有着极为明显的性的意味。"这似乎是说，马格韦契意欲和皮普做爱——这对于毫无鉴赏力的读者来说确实是从小说开头就能看出的一种明显的欲望——皮普一直是马格韦契恋童癖的欲望对象。然而，这与小说的其他部分并不契合。皮普的朋友普凯特（Pocket）（口袋……）也未能幸免于他毫无鉴赏力的可怕的阐释。当他"敞开臂膀"拥抱皮普，将"他的手臂与我的手臂"钩在一起，这是借由马格韦契分享皮普同性情欲的触碰。在马格韦契将死之际，皮普将他的手充满爱意地放在他的胸膛，老人双手握住皮普的手。这显然并非恋童癖的时刻，因此科恩也将之搪塞过去，尽管他还是忘不了他那手淫的想法（"皮普将他好色的触碰转回给他，使之拥有正常的道德的意指"）。皮普对马格韦契说的最后的话是关于艾丝黛拉，关于她的美，他对她的爱。在皮普的帮助下，马格韦契"把我的手举到他的唇边"：我们的"理论"阐释家将这解释为，皮普"最终将他的恩人的痛苦的轻抚转变为异性恋言辞"。显然，科恩的触碰是为着别的东西，而非狄更斯想让我们触动的东西。这位读者的分析方式只会让小说到结尾之时还得不到触碰，也不能让其他的读者从中获得感动，光这种方式就是需要谴责的了。然而，整个解读又是十分错误的，可以说，全部是曲解和偏识。

狄更斯赋予双手的爱意、悉心与触动的含义都被扭曲了，狄更斯笔下双手的触碰与拿握意味着艰难世界中的爱、亲情与团结，有如弥尔顿《失乐园》中的亚当和夏娃（"他们手牵手漫步，缓缓/穿过伊甸园走上他们齐心的道路"）。他沿着自己毫无鉴赏力而由"理论"推动的路线坚持着。他那黏稠的"理论"乱炖，混了些许后弗洛伊德主义，一些酷儿"理论"，一些文化唯物主义，一些新历史主义，外加一些皮浪怀疑主义。科恩对狄更斯笔下双手的误读，正表明高度"理论"化的阅读是缺乏必要的鉴赏力的，也表明为了将阅读从歧路上挽救回来，我们亟须鉴赏力。[26]

另有两位酷儿"理论"家，对杰拉德·曼利·霍普金斯的一首感人诗歌、感人场景的误释，再次证明我方才所说的，"理论"推动下的阐释严重缺乏鉴赏力。就我而言，这种典型的鉴赏上的失败，最主要的原因是他们对圣礼场面的误读。约瑟夫·布里斯托（Joseph Bristow）发表于1992年的一篇有名的文章《霍普金斯与工人阶级男性的身体》("Hopkins and the Working Class Male Body")，将耶稣/诗人/牧师看作充满了同性情欲的工人阶级男性。这是酷儿阅读与一般的酷儿研究的绝好案例。布里斯托还按照同样的方式解读了霍普金斯的一首十四行诗《费利克斯·兰德尔》，诗歌是关于一位铁匠的去世，他是霍普金斯教区的一位居民。布里斯托的阐释方式如此缺少鉴赏力——这种鉴赏力的缺乏，如我所言，尤其体现为对触感的木讷——这又是一个"理论"趋势下的阐释的案例。在这首诗中，牧师为病人涂了圣油，这是神圣的触碰。他给了他甜美的食物作为圣餐（"因我为他奉上了/甜美的解脱与救赎"）。还有其他微妙的身体交流。牧师为病人擦干眼泪,病人的眼泪触碰了牧师的心灵。但同时,像霍普金斯在其他诗歌中一样,牧师一直提防着,不让牧师的触摸变为非神圣性的东西。诗歌描绘了牧师与教区居民在主的桌旁与灵床边充满爱意的接触,而诗中这些微妙的认识被布里斯托一扫而光,将之解释为牧师对费利克斯·兰德尔身体的"控制"。格雷戈·伍兹早就准备好了粗俗的感受力,毫无奖赏力地对铁匠迷人的"汗液"进行阐释[在他的《同性恋文学史:男人的传统》(1998)中]。诗中当然没有提到汗液,但它已被悄悄送到了"理论"那载满了套板理念的正缓慢行驶的货车后面了。[27]

为了进一步集中审视"理论"误导下的阐释,我要举一位知名"理论"家对一首有关手的诗歌的充满了鉴赏力的解读的例子来说明,我必须要对此大加褒扬。但是,这一解读发生在"理论"尚未将阐释者的手逆着他所思索的文章的纹理触摸之前。这首诗是济慈的《这有生气的手》("This Living Hand"),这很有可能是他的最后一首诗。

> 这有生气的手,如今温热还能
> 紧握,如若一旦冷却,进入
> 墓穴冰冻的静默,它会在
> 你的岁月里出没,冻彻你有梦的良夜
> 以致你希望你倾尽心中之血
> 这样我的血管里,红色的生气可能会再次成河
> 而你才会换得心安——瞧这双手——
> 我将它递予你。

这是一首非常消极的诗,诗人通过他有生气的手的死亡,想象自己的死去。那手连接了他和他心爱的人(特别是芬妮·布朗?),那手的生机让他握着笔,这在他诗歌的生命中是必不可少的。这不是一首祝福诗,更像是诅咒,一种邪恶的未来的悼歌(当我死去,你会后悔未曾抓住我伸向你的手)。这递出去的手是一种警告,一种威胁——接住它,否则会怎么样。这种想象的触觉是急切而紧张的。这是对人类触觉的想象性的把握,通过想象力惊人的能力去想象自身的死亡,即想象力把握之物的冰冷终结,想象力自身的终结。手递过来的是死亡的冰冷之手,是隐藏在温暖有生气的手中的冰冷。这种人类的交流是痛苦、消极甚至是病态的。就人类关系中对触觉的记述和使用来看,这首诗,这位诗人的方法似乎显得有些缺乏鉴赏力。可以说,这并不是抱得美人归的好方法。因此,可以说,这是一首自我解构、自我消弭的诗,它颂扬生命中的死亡,死亡中的生命,寒冷中的温暖,温暖中的寒冷。伸出有生气的手,也是伸出了死亡之手,反之亦然。一个人看到伸出的这手,会犹豫要不要接。换句话说,他自己知道这是不受欢迎的手,一个虽然伸出来但实际上往回缩的手,这就是意义死角。

然而,这样的解读稍显夸张了些,如果不是一点儿鉴赏力都没有的话,这种解读显示了一定的鉴赏力,但也是不够的。毕竟,这伸出的双手依然是富有生气的手,死亡之手只出现在想象的"如若"的世界里("如若一旦冷却……")。使用解构主义思想来解读诗歌,就如同将"理论"冰凉的手伸向它。有趣的是,保罗·德曼,前"理论"时期的保罗·德曼,即将走向"理论"并因之名声大噪的保罗·德曼,对这首诗的解读比他后期研究浪漫主义文学时对济慈诗歌的极其有趣的探讨,更具有鉴赏力。

这段评论出现在印章经典丛书版(Signet Classics)的《济慈诗选》(1966)中。保罗·德曼的文章写在德里达到达美国并引发剧烈反响的临界点上。他对这首诗的解读是诗集引言部分的高潮,是对济慈做出的最后评点。文章恰好强调了这首诗的消极性:

> 在他所有有关人类救赎的梦中,他一直扮演着一位挽救他人免于死亡困境的人。而在这之后,他最后的诗歌颠倒了过来。从《海伯利安的陨落》中的一句平淡的话开始("当这书写的温热之手入了坟茔"),他就不再让他的手对别人做出助人的姿势了。他成了一个受害者,拒绝让另一个人把他自己的死亡的重量带走。

在这篇引言发表之时,德曼走向了解构主义。而在引言中,我们惊讶地发现,他强调的还全是——如此动人——济慈诗歌中的道德主题、道德与情感效果、其中普遍的真理、读者阅读诗歌可以真正学到的东西,以及可以被打动的地方。

> 辉煌时期的浪漫主义文学,将最大程度的概括性浓缩在了一种经验中,这种经验来自个人自我,并与之永远密切相连……如今,我们不再如从前那样,可以根据真正的自我洞察进行哲学概括,尽管我们对自我的理解从来没有超越自我辩白。因此我们的浪漫主义批评常常遗漏了一点:对于伟大的浪漫主义诗歌来说,自我意识是走向道德评断的第一步……(在济慈晚期的诗歌中)

他同样实现了顿悟;但他是通过消极的道路实现了顿悟,这一点使得他对我们格外重要。

个体自我,哲学概括,自我洞察,自我意识,道德评断,顿悟,对读者重要,有着可知含义和可以或不可以被抓住的道德效果("遗漏了一点")的诗歌:这几乎就是玛莎·努斯鲍姆在讲话。我们必须承认,晚期的保罗·德曼几乎看不到这种极具触觉性的阅读,不能再轻轻握住伸过来的手,"有生气的手"。德曼关于个人成长经历的例子是卢梭《忏悔录》中"唤醒了他内心的普遍道德感"的青年时期的错误行为。德曼对卢梭的内疚感的痴迷——如今,许多人认为,这与德曼认识到自己在二战时与法西斯文化战线合作,乃是青年时的恶行有关——进入了德曼晚期的解构主义批评阶段,在他被"理论"浸泡、深受德里达影响的时期,这个例子成了他所推崇的道德困境、个人困境和文本困境研究的标杆:这一阶段的阅读,较之他对《忏悔录》的审视,表现出更少的触碰,更少的鉴赏力。彼时,"理论"尚未搅乱和遮蔽他对文本的热爱,尚未使他的触感变得迟钝,尚未使他(和他的学生)与文本发生疏离。[28]

济慈与保罗·德曼的双手正在相遇,他们相互接触,整个过程充满触感,充满鉴赏力。也就是说,他们或多或少有了思想的交流。这毕竟是"理论"曾宣称的,读出写作所要表达的内容。"我们在进行思想的交流。"这是斯蒂芬·金《论写作》(2000)中所说的,这是一本值得称赞的、脚踏实地的自传,兼一本写作指导书。此话出现在"何为写作"这一部分。写作当然就是"心灵感应"。我确定,金还没有读德里达,也没有读尼古拉·罗伊尔那德里达式的《心灵感应与文学:阅读心灵论稿》(*Telepathy and Literature: Essays on the Reading Mind*, 1990)。我不想像希利斯·米勒那样,认为金通过无意识心灵感应或者心灵感应渗透,阅读了德里达。金的心灵感应,心灵感应的阅读,是完全现实主义的,"没有神神秘秘的狗屁,只有真实的心灵感应":一位作者在遥远的时空中,对着未知的读者讲话。就像他说的,一个人在1997年10月写作,但在别的地方,在更晚的时候,被某个人读到。一位真实的读者,而不是神神秘秘的、在信息前没有自我的狗屁读者可以读到他(也就是说,在希利斯·米勒的德里达式的图景中没有读者)。金通过假设展示了一位读者是如何获得某种信息。"我给了你一张蒙了红布的桌子、一只笼子、一只兔子、蓝色油墨写的数字8"——这就是金让他的读者去"看"的小画面——然后,"你看到它们了,特别是蓝色的数字8"。是的,我看到了。

当然,金并没木讷无知到认为他的读者在他们的阅读中是一成不变的,或者认为他的红桌布和他的兔笼子给人们带来的印象不会有什么不同。"当然会有些不可避免的变化:有一些人会看到土耳其红的桌布……喜欢装饰的人会加上小蕾丝边,然后欢迎——我的桌布就是你的桌布,请自便。""而且,笼子的事也留下了很多个人阐释的空间。"但"我们都知道笼子是一种可以看穿的介质"。兔子背上的蓝色数字8也是非常清楚的:"不是6,不是4,不是9.5,是8。这就是我们要看的,我们都看到了。""我们甚至都不在同一年,更不用说在同一个房间……尽管我们都在一起,我们很靠近。"[29]文本细读,人对人,人的,触感的,鉴赏力的。金提供的组合绝非仅仅是单一的一种画面。但作者所要写的,渴望的读者所要寻找的,都是一种可以通过近距离接触,通过充满鉴赏力的方法理解的。

就如勒内·吉拉尔曾说的:"真理就是只有人类个体可以给予我们而我们又都在寻求的认识。"[30]

10
当我可以读清我的头衔

什么是鉴赏力？带着宽恕认真听。宽恕：额外的给予，寄望于所拥有的以得到新生，给予那绝望的病人（那个退缩到他的伤口中的陌生人）一个新的开始，给予他新的邂逅的可能。

朱丽娅·克里斯蒂娃，《黑太阳：沮丧与忧郁》

在珍妮特·杜斯曼·科尼利厄斯（Janet Duitsman Cornelius）的一本关于美国奴隶生活中的文化程度与宗教的书《"当我可以读清我的头衔"：内战前南方的文化程度、奴隶制和宗教》("When I Can Read My Title Clear": Literacy, Slavery, and Religion in the Ante-Bellum South, 1991)中，有一插曲最为动人，讲的是一位名叫贝拉·梅尔斯·卡洛斯的奴隶：有一天，她突然高兴地认识到，自己可以读书，因为她读出了18世纪伟大的加尔文主义诗人以撒·华滋（Isaac Watts）写的圣歌《当我可以读清我的头衔》。[这一典故我是从阿尔维托·曼古埃尔（Alberto Manguel）的《阅读史》（*A History of Reading*,1996）中读到的。]"有一天我发现了一首圣歌,而且读了出来,'当我可以读清我的头衔'。我发现我真的可以读书,我高兴极了,于是我跑着到处告诉其他的奴隶。"这个故事和这首圣歌后来成了科尼利厄斯的墓志铭。圣歌如下：

> 当我可以读清我的头衔
> 在天上的官殿，
> 我将会告别所有的恐惧，
> 擦干我流淌的泪水。
>
> 如果大地攻击我的灵魂，
> 地狱的飞镖向我掷来，
> 我就可以笑对撒旦的怒火
> 直视不悦的世界。
>
> 让关爱，如洪流奔来，
> 让忧伤的暴雨落下；
> 愿我安抵我的家，
> 我的上帝，我的天堂，我的所有：
>
> 我将在那里沐浴我疲惫的心灵，
> 在天堂平静的海洋，

> 没有一朵烦恼的浪花卷过
> 我宁静的胸膛。

这是典型的加尔文主义的圣歌,充满信仰、希望和彷徨。诗人还未能将他的头衔"读清"——还不能带着自信地认为《圣经》赋予他的头衔将给他带来天堂的宫殿。他认为《圣经》的应许是给他的,但怀疑宫殿的应许是否属于他(它们是"我的头衔"),宫殿的含义还没有被他全部征用。但这并不是感觉的妨碍,在场意义的停滞。华滋的"当",是对期望的时光的预期。那时他就可以清楚地阅读,可以彻底征用《圣经》的应许。那时,他可以用双手抚摸文本的应许。这里边有一种完整地蕴含了种族性的阐释学。与此同时,贝拉·梅尔斯·卡洛斯已经开始进入华滋有缺陷但充满希望的《圣经》阅读的世界中了,开始读清她自己在文化程度上的头衔,开始理解文化程度是什么意思,以及可能会有什么样的资格的阅读。她的意识里是阐释学、伦理、政治的有力混合物,她的意识也释放其中。只有通过与具有鉴赏力的阅读的密切接触,才能产生清晰的理解。

"理论"阻碍了将双手置于文本之上的相遇,对之加以讥讽,将其投入外部的(或者言语的)黑暗之中,而正是对充满含义、足够浪漫、双手置于文本之上的相遇的渴望,推动了自巴黎的新闻传入以来,对"理论"最好的反抗和改造。诸种论点,如我所呼吁的阅读中的鉴赏力,都需要向所有高举细腻人性、尊重文本、热爱文本、宽恕文本的触碰阐释学的大旗的读者,所做出的具有示范性的文本细读实践(有一些在"理论"的影响下进行)致敬。他们穿过"理论"的黑暗岁月,比如威廉·燕卜荪(William Empson)，唐纳德·戴维(Donald Davie)、海伦·文德勒(Helen Vendler)、约翰·凯里(John Carey)、约翰·霍兰德(John Hollander)、布莱恩·维克斯(Brian Vickers)、杰弗利·希尔(Geoffrey Hill)、玛格丽特·杜迪(Margaret Doody)、帕特·罗杰斯(Pat Rogers)、大卫·诺克斯(David Nokes)、克劳德·罗森(Claude Rawson)、克里斯丁·布鲁克·罗斯(Christine Brooke-Rose)、克里斯·巴尔迪克(Chris Baldick)、理查德·弗里德曼(Richard Friedman)、罗伯特·阿尔特(Robert Alter)、乔治·斯塔纳(George Steiner)、威廉·H.普里查德(William H. Pritchard)、弗兰克·莫莱蒂(Franco Moretti)、茂德·爱尔曼(Maud Ellmann)、帕特丽夏帕克(Patricia Parker)、菲尔·贝克(Phil Baker)、卡尔·米勒(Karl Miller)、托尼·坦纳(Tony Tanner)、克里斯多夫·普任德葛斯特(Christopher Prendergast)、斯坦·史密斯(Stan Smith)、埃里克·格里菲思(Eric Griffiths)、约翰·伦纳德(John Lennard)，当然还有克里斯托弗·瑞克斯(Christopher Ricks)，他是最好的细读读者之一。我很高兴地发现，瑞克斯认为，文本和阅读中"事实的重要性"并不代表"理论的重要性，而是代表了原则和鉴赏力的重要性"。[1]

显然，这类读者的时代再次到来了。其中最具标志性的，便是前面我引用过的于连·沃尔夫莱的《阅读：文学理论中的细读行为》，书中选取了各个"理论"的片段予以详细的考察——可以说是非常详细的考察。其中有一片段是"理论"辩护者所写的"理论"文本——它并不充分证明它的观点——认为"理论"家都是细读读者。沃尔夫莱在书中指出，这位"理论"布道者实际上是在宣扬所有具有鉴赏力的读者都知道的事实,即所有好的、真正的阅读都是细读。我希望,这表示60年代以后的"理论"开始转向感觉。我们会说,就像弗兰克·科莫德晚期的叙述轨迹那样。作为一名传统型读者,尤其是莎士比亚文本的读者[正如他1958年阿登(Arden)版《暴风雨》的编辑工作所表明的那样],科莫德在20世纪60年代末也被结构主义吸引,当它跨越英吉利海峡传入英国时,像许多评论家一样,他也为之着迷。他的批评深受语言学模型的影响。他把很多经历投入解构主义为解释传统经典文本提供的可能中[他对《马可福音》的解构主义解读著作《秘密的创世:论叙事的阐释》(*The Genesis of Secrecy: On the Interpretation of Narrative*,1979),在当时影响深远,代表了那个时代的批评特征]。科莫德的良好感受力——我们称为批评的鉴赏力——使他坚持英国评论加关注真理、价值和指涉,关注伦理—阐释学的古老传统,即使在他趟入自巴黎和耶鲁[参见他的《经典》(*The Classic*,1973)、《论虚构》(*Essays on Fiction 1971—1982*,1983)、《注意力的形式》(*Forms of Attention*,1985)、《历史与价值》(*History and Value*,1989)、《错误的用处》(*The Uses of Error*,1990)]流进的浑水的时候,也是如此。他在2000年出版《莎士比亚的语言》(*Shakespeare's Language*),乃是出于对"当下莎士比亚批评模式"的不满。他重新考察了莎士比亚被忽略的文本,重新开始一种纯粹主义的务实的批评工作。他所不满的模式均有相关的"理论"作为支撑,比如,新历史主义、女性主义、后殖民主义、酷儿研究等,它们将文学价值的问题卷入了"政治压迫与反抗的语境"。他在2001年贝特森纪念系列讲座(Bateson Memorial Lecture)中,向"理论"直接开战——这个讲座被宣传为"老式风格的批评演练"。科莫德宣称,新历史主义文本并置的批评实践实际上只是一种生拉硬扯的文本挪用。[2]

有人或许会说,"理论"大亨竟然也会回落到理智的感觉。高深"理论"家们无疑会哀叹科莫德的堕落;哀叹他与高深"理论"阵地的分离;哀叹他失足落入旧式的经验主义、实用主义、人文主义还有道德主义;哀叹他回到了只有如今那些迷失了的读者才会有的,丝毫不值得称赞的,常识一样的文本观、语言观与意义观中去。确实如此。而我却认为,后一种莎士比亚文本批评的方式是一种后"理论"时代的警示。它将对文本理性、合理而富有道德的尊重,置于对文本的理论化之上。它清醒地认识到,尽管阅读总在理论之后,但是理论不可避免地只是阐释游戏中的次要部分。读者的鉴赏力,或仅仅是鉴赏力自身,应该把这个告诉我们。

注释

2 阅读总在理论后

1. "Disagreeable to Unbearable" (7 July 1967), in *Reference Back: Philip Larkin's Uncollected Jazz Writings 1940–1984*, ed. Richard Palmer and John White (University of Hull Press, 1999), 75.
2. St Augustine, *Confessions*, trans. Henry Chadwick (Oxford World's Classics, 1992) chapter 8, 152–153. See Peter Brown, *Augustine of Hippo: A Biography* (Faber & Faber, 1967), chapter 10, 101ff.; and Alberto Manguel, *A History of Reading* (Harper Collins, 1996), 44–45.
3. John Milton, *De Doctrina Christiana*, first published in 1825; "Christian Doctrine", trans. John Carey, in *Complete Prose Works of John Milton*, VI, ca 1658–ca 1660 (Yale University Press, 1973), 583, 584.
4. Daniel Defoe, *Robinson Crusoe* (1719–1726), ed. J. Donald Crowley (Oxford World's Classics, 1983), 221 (text based on 1719 version).
5. *Christian Doctrine*, 582; and notes 20, 21, 23, 582–584.
6. *The Mill on the Floss*, ed. Gordon S. Haight (Oxford World's Classics, 1996), 289–290. There seems little doubt that Maggie's experience with this book reflects George Eliot's own.
7. Harold Bloom, *How To Read And Why* (Fourth Estate, 2000), 120.

3 理论，什么理论？

1. *Losing the Big Picture: The Fragmentation of the English Major Since 1964* (National Association of Scholars, Princeton, NJ, 2000).

2 For Gerard Genette, see "Fiction and Diction" in his *Fiction and Diction*, trans. Catherine Porter (Cornell University Press, 1993), 1–29. For Hirsch and Fish, see Stanley Fish, "Consequences" in W. J. T. Mitchell, ed., *Against Theory: Literary Studies and the New Pragmatism* (University of Chicago Press, 1985), 106–131.

3 John Sturrock, *The Word from Paris: Essays on Modern French Thinkers and Writers* (Verso, 1998).

4 "Structure, Sign, and Play in the Discourse of the Human Sciences": one version of the lecture is in Jacques Derrida, *Writing and Difference*, trans. Alan Bass (Routledge & Kegan Paul, 1978), 278–293.

5 Julian Wolfreys, "Introduction", *Literary Theories: A Reader and Guide*, ed. J. Wolfreys (Edinburgh University Press, 1999), x–xi.

6 The best bibliography of Foucault's writings is in David Macey, *The Lives of Michel Foucault* (Hutchinson, 1993).

7 See Alan Sinfield, *Faultlines: Cultural Materialism and the Politics of Dissident Reading* (Clarendon Press, 1992).

8 Henry Louis Gates, Jr, "Authority, (White) Power, and the (Black) Critic; or, it's all Greek to me", in Ralph Cohen, ed., *The Future of Literary Theory* (Routledge, 1989), 334.

9 "Gumbo, Jambalaya, and Other Classic Soups and Stews", in Howard Mitcham, *Creole Gumbo and All That Jazz: A New Orleans Seafood Cookbook* (Addison-Wesley Publishing, 1978), 39–40.

10 See Gates, *The Signifying Monkey: A Theory of African-American Literary Criticism* (Oxford University Press, 1988), 223.

11 See Derek Gregory, *Geographical Imaginations* (Blackwell Publishers, 1994).

12 Hayden White led the way, of course, with his *Metahistory: The Historical Imagination in Nineteenth-Century Europe* (Johns Hopkins University Press, 1973) and *The Content of the Form: Narrative Discourse and Historical Representation* (Johns Hopkins University Press, 1987). Typical is the mass of work on representations of the Holocaust, e.g. Dominick La Capra, *Representing the Holocaust: History, Theory, Trauma* (Cornell University Press, 1994).

13 See, for example, Philip Brett, Elizabeth Wood and Gary C. Thomas, eds, *Queering the Pitch: The New Gay and Lesbian Musicology* (Routledge, 1994); and Richard Dellamara and Daniel Fischlin, eds, *The Work of Opera: Genre, Nationhood, and Sexual Difference* (Columbia University Press, 1997).

14 See, for example, *The Bible and Culture Collective, The Postmodern Bible* (Yale University Press, 1995), which has a huge and most useful bibliography. For deconstruction and theology in particular, see Valentine Cunningham, "The Rabbins Take It Up One After Another", in *In The Reading Gaol: Postmodernity, Texts, and History* (Blackwell Publishers, 1994), 363–410.

15 The large push of Theory into art history begins, I suppose, with Michel Foucault's inspection of Velasquez's *Las Meninas* in *Les Mots et les choses* (Editions Gallimard, 1966) – *The Order of Things: An Archaeology of the Human Sciences* (Tavistock Publications, 1966) – and Jaques Derrida's *La Verité en peinture* (Flammarion, 1978) – *The Truth in Painting*, trans. Geoff Bennington and Ian McLeod (Chicago University Press, 1987) – and Roland Barthes's *La Chambre claire* (Editions du Seuil, 1980) – *Camera Lucida: Reflections on Photography*, trans. Richard Howard (Cape, 1982).

16 See, for example, Stanley Fish, *Doing What Comes Naturally: Change, Rhetoric, and the Practice of Theory in Literary and Legal Studies* (Clarendon Press, 1989), and Maria Aristodemou, *Law and Literature: Journeys from Her to Eternity* (Oxford University Press, 2000).

17 Any one of the numerous exhibitions on medical history, anatomy, the business of reading the body in history and in the present which have become so commonplace through the 1990s tells this story well. I was very impressed by *The Quick and the Dead* travelling exhibition and its catalogue under that title, ed. Deanna Petherbridge (Hayward Gallery/Arts Council, 1997).

18 Alan D. Sokal, "Transgressing the Boundaries: Towards a Transformative Hermeneutics of Quantum Gravity", *Social Text* 46/47, vol. 14, nos 1 and 2, Spring/Summer 1996, 217–52. See also Sokal's outrage at the ease of his deception: "A Physicist Experiments With Cultural Studies", *Lingua Franca*, May/June 1996.

19 Douglas Tallack, ed., *Literary Theory at Work: Three Texts* (B. T. Batsford, 1987).

20 Julian Wolfreys, "Introduction: Border Crossings, or Close Encounters of the Textual Kind", in *Literary Theories*, 1–11.

21 "Philosophy Without Principles", in *Against Theory: Literary Studies and the New Pragmatism*, ed. W. J. T. Mitchell (University of Chicago Press, 1985), 132.

22 The wonderfully wide-ranging *Cambridge History of Literary Criticism*, Vol. 3, *The Renaissance*, ed. Glyn P. Norton (Cambridge University

Press, 1999) is most informative on the Renaissance relation with the classical forebears. For the ancient materials, see: Aristotle, *Poetics*, trans. Richard Janko (Hackett Publishing, 1987); *Ancient Literary Criticism: The Principal Texts in New Translations*, ed. D. A. Russell and M. Winterbottom (Clarendon Press, 1972); and D. A. Russell, *Criticism in Antiquity* (Duckworth, 1981).

23 "Of Dramatic Poesy: An Essay" (1668): in the good collection of Dryden's critical writings, *Of Dramatic Poesy and Other Critical Essays*, 2 vols, ed. George Watson (Everyman's Library, Dent, 1962). See Michael Werth Gelber, *The Just and the Lively: The Literary Criticism of John Dryden* (Manchester University Press, 1999), and Thomas Docherty, "Tragedy and the Nationalist Condition of Criticism", in his *Criticism and Modernity: Aesthetics, Literature, and Nations in Europe and Its Academies* (Oxford University Press, 1999).

24 See Samuel Johnson, "The Life of Milton" in the *Lives of the Poets* (1783), and his "Notes on King Lear", in any gathering of Johnson's work, e.g. *Rasselas, Poems, and Selected Prose*, ed. Bertrand H. Bronson (Holt, Rinehart and Winston, 1958). H. R. Woudhuysen, ed., *Samuel Johnson on Shakespeare* (Penguin Books, 1989) is excellent.

25 See, for example, Allen Reddick, *The Making of Johnson's Dictionary 1746–1773* (Cambridge University Press, 1990).

26 See Wolfgang Iser, *The Fictive and the Imaginary: Charting Literary Anthropology* (Johns Hopkins University Press, 1993); and *The Anthropological Turn in Literary Studies*, ed. Jürgen Schlaeger: *Real: Yearbook of Research in English and American Literature*, Vol. 12 (Gunter Narr Verlag, 1996).

27 See *Representations of Emotional Excess*, ed. Jürgen Schlaeger: *Real: Yearbook of Research in English and American Literature*, Vol. 16 (Gunter Narr Verlag, 2000).

28 Peter Ackroyd, *Dickens* (Sinclair-Stevenson, 1995); Richard Holmes, *Dr Johnson and Mr Savage* (Hodder & Stoughton, 1993). See John Batchelor, ed., *The Art of Literary Biography* (Clarendon Press, 1989), and Paula R. Backsheider, *Reflections on Biography* (Oxford University Press, 2001).

4 理论的益处

1. See Wolfgang Iser, *Sterne, Tristram Shandy*, trans. David Henry Wilson (Landmarks of World Literature, Cambridge University Press, 1988).
2. F. R. Leavis, *The Great Tradition: George Eliot, Henry James, Joseph Conrad* (Chatto & Windus, 1948).
3. For a fine argument about the need to revalue popular/female/sentimental work in the shape of Harriet Beecher Stowe's *Uncle Tom's Cabin*, see Jane Tompkins, "Sentimental Power: *Uncle Tom's Cabin* and the Politics of Literary History", in her *Sensational Designs: The Cultural Work of American Fiction 1790–1860* (Oxford University Press, 1985).
4. Roger Lonsdale, ed., *Eighteenth-Century Women Poets: An Oxford Anthology* (Oxford University Press, 1989).
5. J. Hillis Miller, "The Function of Literary Theory at the Present Time", in Ralph Cohen, ed., *The Future of Literary Theory* (Routledge, 1989), 109.
6. Elaine Showalter, "A Criticism of Our Own: Autonomy and Assimilation in Afro-American and Feminist Literary Theory", in Cohen, *The Future of Literary Theory*, 347–369.
7. Henry Louis Gates, Jr., "Authority, (White) Power, and the (Black) Critic", in *The Future of Literary Theory*, 345.
8. Eve Kosofsky Sedgwick, *Tendencies* (Routledge, 1994), 9, 110ff.: "Queer and Now" (first in *Wild Orchids and Trotsky: Messages from American Universities*, 1993), and "Jane Austen and the Masturbating Girl" (first in *Critical Inquiry*, Summer 1991).
9. Julian Barnes, *Flaubert's Parrot* (1984); Picador edition (1985), 84.

5 片段……废墟

1. "Before the Law", trans. Christine Roulston, in *Jacques Derrida: Acts of Literature*, ed. Derek Attridge (Routledge, 1992), 183–220.
2. Catherine Gallagher and Stephen Greenblatt, *Practicing New Historicism* (Chicago University Press, 2000), 4.

3 See "The Wound in the Wall", ibid., 76ff.
4 Michel de Montaigne, "Apologie de Raimond Sebond", *Essais*, ed. Pierre Michel (Gallimard, 1965), Book II, ch. xii, 252–253. *The Complete Essays*, trans. and ed. M. A. Screech (Allen Lane, 1991), 590–595.
5 Walter Benjamin, "Allegory and Trauerspiel", in *The Origin of German Tragic Drama* [*Ursprung des deutschen Trauerspiels*, 1963], trans. John Osborne (New Left Books, 1977), 178.
6 Paul de Man, "Allegory as De-facement", in *The Rhetoric of Romanticism* (Columbia University Press, 1984).
7 Stephen Greenblatt, in Gallagher and Greenblatt, *Practicing New Historicism*, 82.
8 Nicholas Royle, *After Derrida* (Manchester University Press, 1995), 168–169; reprinted in J. Wolfreys, ed., *Literary Theories: A Reader and Guide* (Edinburgh University Press, 1999), 305.
9 John Milton, *De Doctrina Christiana*, first published in 1825; "Christian Doctrine", trans. John Carey, in *Complete Prose Works of John Milton*, VI, ca 1658–ca 1660 (Yale University Press, 1973), Bk I, ch. 30, 580.
10 Geoffrey Hartman, *The Fate of Reading, And Other Essays* (University of Chicago Press, 1975), 14.

6 "种种爵士乐"？抑或急剧消失的文本

1 Terence Hawkes, "Telmah", in, for example, his *That Shakespeherean Rag: Essays on a Critical Process* (Methuen, 1986), 92–119.
2 Stanley Fish, "How to Recognize a Poem When You See One", in *Is There A Text in This Class? The Authority of Interpretive Communities* (Harvard University Press, 1980), 322–337.
3 Raymond Tallis, in *The Arts and Sciences of Criticism*, ed. David Fuller and Patricia Waugh (Oxford University Press, 1999), 87.
4 Stanley Fish, "No Bias, No Merit: The Case Against Blind Submission", in *Doing What Comes Naturally: Change, Rhetoric, and the Practice of Theory in Literary and Legal Studies* (Clarendon Press, 1989), 169; and *Professional Correctness: Literary Studies and Political Change* (Clarendon Press, 1995), 13.
5 Stanley Fish, "Literature in the Reader", in *Is There A Text in This Class?*, 43.

6 Stephen Grenblatt, *Shakespearian Negotiations: The Circulation of Social Energy in Renaissance England* (Clarendon Press, 1988).
7 Timocracy was that Greek form of rule by people who have acquired and manifest certain kinds of personal property, money, moral merit, military honour: see *timokratia, timokratikos* in J. O. Urmson, *The Greek Philosophical Vocabulary* (Duckworth, 1990), 169; and the OED.
8 Stephen Greenblatt, *Learning to Curse: Essays in Early Modern Culture* (Routledge, 1990), 80ff.
9 See, for example, Frank Kermode, *The Classic: Literary Images of Permanence and Change* (1975; expanded edn, Harvard University Press, 1983).
10 See Valentine Cunningham, *In the Reading Gaol: Texts, Postmodernity and History* (Blackwell Publishers, 1994), 363ff.
11 See, for example, Harold Bloom, *The Breaking of the Vessels* (University of Chicago Press, 1982), and *Ruin the Sacred Truths: Poetry and Belief from the Bible to the Present* (Harvard University Press, 1989); Walter Benjamin, "The Task of the Translator", trans. in *Illuminations*, ed. Hannah Arendt (Cape, 1970); René Girard, *Violence and the Sacred*, trans. Patrick Gregory (Johns Hopkins University Press, 1977), and *Le bouc émissaire* (Grasset, 1982); Michel Serres, *The Parasite*, trans. Lawrence R. Scher (Johns Hopkins University Press, 1982); Susan Handelman, *The Slayers of Moses: the Emergence of Rabbinic Interpretation in Modern Literary Theory* (State University of New York Press, 1982); Robert Eaglestone, *Ethical Criticism After Levinas* (Edinburgh University Press, 1997).
12 Jorge Luis Borges, "The Mirror of Enigmas", in *Labyrinths*, ed. Donald A. Yates and James E. Irly (Penguin Books, 1971), 246–247.
13 See Cunningham, *In the Reading Gaol*, 33–35.
14 Tzvetan Todorov, "Saussure's Semiotics", in *Theories of the Symbol*, trans. Catherine Porter (Blackwell Publishers, 1977), 255–270.
15 Frank Kermode, "Can We Say Absolutely Anything We Like?" (1976), in *The Art of Telling: Essays on Fiction* (Harvard University Press, 1983).
16 "Hoffman's Tale", *Guardian Saturday Review* (28 April 2001), 7.
17 Paul Muldoon, *To Ireland, I: The Clarendon Lectures in English Literature 1998* (Oxford University Press, 2000), 45–49, 109, et passim!
18 Geoffrey Hartman, "The State of the Art of Criticism", in Ralph Cohen, ed., *The Future of Literary Theory* (Routledge, 1989), 97–98.
19 I. A. Richards, *Practical Criticism: A Study of Literary Judgement* (1929; 3rd impression, Kegan Paul Trübner, 1935), 110, 111, 160.
20 Umberto Eco, with Richard Rorty, Jonathan Culler, Christine Brooke-

Rose, *Interpretation and Overinterpretation*, ed. Stefan Collini (Cambridge University Press, 1992), 141, 144, 146, 151.
21 Gerard Graff, *Literature Against Itself: Literary Ideas in Modern Society* (Chicago University Press, 1979), 204.
22 Jacques Lacan, re: "Booz Endormi" in "From Interpretation to the Transference", *The Four Concepts of Psychoanalysis*, ed. Jacques-Alain Miller, trans. Alan Sheridan (Penguin Books, 1979), 247ff.

7　虐待文本：抑或废除套板反应

1 William A. Cohen, *Sex Scandal: The Private Parts of Victorian Fiction* (Duke University Press, 1996).
2 Malcolm Bowie, "Jacques Lacan", in *Structuralism and Since: From Lévi-Strauss to Derrida*, ed. John Sturrock (Oxford University Press, 1979), 116.
3 See Quentin Skinner, ed., *The Return of Grand Theory in the Human Sciences* (Cambridge University Press, 1985).
4 Roland Barthes, *S/Z* (Éditions du Seuil, 1970), 11. My translation.
5 Sandra Gilbert and Susan Gubar, "The Mirror and the Vamp: Reflections on Feminist Criticism", in *The Future of Literary Theory* (Routledge, 1989), 144–166.
6 Barthes, *S/Z*, 20–1. Cf. his *malmener*: reviling, maltreating the text.
7 J. Hillis Miller, "The Critic as Host", in *Theory Now and Then* (Harvester Wheatsheaf, 1991), 143–170; Homi Bhabha, "Articulating the Archaic", in *The Location of Culture* (Routledge, 1994), 136–137.
8 Paul de Man, "'Conclusions': Walter Benjamin's 'The Task of the Translator'", in *The Resistance to Theory* (Manchester University Press, 1991), 73–105.
9 For more, see Valentine Cunningham, "Sticky Transfers", in *Aesthetics and Contemporary Discourse*, *Real* 10, ed. Herbert Grabes (Gunter Narr Verlag, 1994), 336ff.; Stanley Corngold, "Error in Paul de Man", *Critical Inquiry* 8 (Spring 1982), 489–513; Brian Vickers, *In Defence of Shakespeare* (Clarendon Press, 1988), 454–457.
10 It's in Peggy Kamuf, ed., *A Derrida Reader: Between the Blinds* (Columbia University Press, 1991), 270–276; and in J. Wolfreys, ed., *Literary Theories: A Reader and Guide* (Edinburgh University Press, 1999), 282–287.

11 I. A. Richards, *Practical Criticism*, 16–17.
12 I. A. Richards, *Principles of Literary Criticism* (Routledge and Kegan Paul, 1924; Routledge paperback, 1960), ch. 9, 63ff.
13 Julia Kristeva, *The Black Sun: Depression and Melancholia*, trans. Leon S. Roudiez (Columbia University Press, 1989), 203.
14 Harold Bloom, *How To Read and Why* (Fourth Estate, 2000), 167.
15 Richard Rorty, "The Contingency of Selfhood", in *Contingency, Irony and Solidarity* (Cambridge University Press, 1989), 23ff. Rorty's depressing rushes to bad critical judgement are nicely illustrated by his wilfully shallow lists of writings that *stimulate* as oppose to *relax*: ibid., n. 3, 143. I agree utterly with Richard Lansdown's scathing demolition of these weird listings ("can we really believe that *Middlemarch* has nothing to offer in the way of relaxation, or that either it or *King Lear* provide 'novel stimulus to action'?"). See R. Lansdown, *The Autonomy of Literature* (Macmillan, 2001), 56.
16 Terry Eagleton, *William Shakespeare* (Blackwell Publishers, 1986), 64.
17 Stanley Fish, "Yet Once More", in *Professional Correctness: Literary Studies and Political Change* (Clarendon Press, 1995), 1–17.
18 See David Lehman, *Signs of the Times: Deconstruction and the Fall of Paul de Man* (André Deutsch, 1991).
19 Karl Marx, *Capital: A Critique of Political Economy*, Vol. 1, intro. Ernest Mandel, trans. Ben Fowkes (Penguin Books, 1976), 169.
20 Chinua Achebe, "An Image of Africa: Racism in Conrad's *Heart of Darkness*", *The Massachusetts Review*, 18 (1977), 782–794; reprinted as a standard critical item in the Norton edition of *Heart of Darkness*, ed. Robert Kimbrough (W. W. Norton, 1988).
21 Edward Said, *Culture and Imperialism* (Chatto & Windus, 1993), 81–82.
22 Catharine R. Stimpson, "Woolf's Room, Our Project: The Building of Feminist Criticism", in R. Cohen, ed., *The Future of Literary Criticism*, 134, 136. *A Room of One's Own* (Hogarth Press, 1929), ch. 3, 76.
23 Jacques Lacan, "The Agency of the Letter in the Unconscious or Reason since Freud", in *Écrits: A Selection*, trans. Alan Sheridan (Tavistock, 1977), 147–159. Jacques Berthoud, "Science and the Self: Lacan's Doctrine of the Signifier", in *The Arts and Sciences of Criticism*, ed. David Fuller and Patricia Waugh (Oxford University Press, 1999), 110–113.
24 Jacques Derida, "Shibboleth", trans. Joshua Wilmer, in Geoffrey Hartman and Sanford Budick, eds, *Midrash and Literature* (Yale University Press, 1986), 307–347.

25 Stephen Greenblatt, "The Wound in the Wall", in Catherine Gallagher and Stephen Greenblatt, *Practicing New Historicism* (Chicago University Press, 2000), 75–109.
26 Catherine Gallagher, "The Potato in the Materialist Imagination", in Gallagher and Greenblatt, *Practicing New Historicism*, especially 114ff. The extent of Gallagher's awful misquotings and trenchant misreading of Cobbett can be measured by comparing it with *Cobbett in Ireland: A Warning to England*, ed. Denis Knight (Lawrence & Wishart, 1984), 82–83.
27 E. P. Thompson, *The Poverty of Theory and Other Essays* (Merlin Press, 1978), 300. It's quoted by Robert D. Hume, *Reconstructing Texts: The Aims and Principles of Archaeo-Historicism* (Clarendon Press, 1999), 106.
28 Thomas Hardy, "The Torn Letter", in *The Complete Poems*, ed. James Gibson (Macmillan, 1976), 313–314.
29 J. Hillis Miller, "Thomas Hardy, Jacques Derrida, and the 'Dislocation of Souls'", in his *Tropes, Parables, Performatives* (Duke University Press, 1991), 171–180; excerpted in Wolfreys's *Literary Theories*, 288–297, as a choice example of deconstructive reading – which is why I chose to talk about it.
30 I take all these awful examples of Beckett traducing, and the Beckett passages I quote, from Christopher Ricks, *Beckett's Dying Words* (Clarendon Press, 1993), 148–151, whose fine critical anger over these lapdogs of Theory I utterly share and endorse.

8 理论的简化性

1 See for example Northrop Frye, *The Anatomy of Criticism* (Princeton University Press, 1957).
2 Vladimir Propp, *The Morphology of the Folktale*, 2nd revd edn, trans. Laurence Scott, ed. Louis A. Wagner (University of Texas Press, 1968), 65.
3 Jacques Derrida, "Letter to a Japanese Friend", in *A Derrida Reader: Between the Blinds*, ed. Peggy Kamuf (Columbia University Press, 1991), 270–276.
4 Propp, *The Morphology of the Folktale*, 99.
5 Roland Barthes, "Center-City, Empty Center", *Empire of Signs* [*L'Empire des signes*, 1970], trans. Richard Howard (Jonathan Cape, 1983), 34–35.

6 They're reproduced in, for example, Michael Sadleir, *Trollope: A Commentary* (1927; 3rd edn, Oxford University Press, 1961).
7 John Butt and Kathleen Tillotson, *Dickens at Work* (1957; Methuen, 1968), 142–143.
8 Vladimir Nabokov, *Lectures on Literature*, ed. Fredson Bowers, intro. John Updike (Weidenfeld & Nicolson, 1980).
9 James Fenton, *On Statues* (Penguin Books, 1995).
10 Iris Murdoch, "Against Dryness", *Encounter*, January 1961; reprinted in Iris Murdoch, *Existentialists and Mystics: Writings on Philosophy and Literature*, ed. Peter Conradi (Chatto & Windus, 1997), 287–295.
11 Originally in *Los anales de Buenos Aires* (1946), then in *Historia universal de la infamia* (Buenos Aires, 1954): *A Universal History of Infamy*, trans. Norman Thomas di Giovanni (Penguin Books, 1973).
12 Jean Baudrillard, *Simulations*, trans. Paul Foss, Paul Patton and Philip Beitchman (Semiotext[e], Columbia University, 1983), 1ff.
13 Claude Lévi-Strauss, "Structure and Form: Reflections on a Work by Vladimir Propp", in *Structural Anthropology* Vol. 2, trans. Monique Layton (Penguin Books, 1978), 115–145. The argument is discussed, with rather different emphases, but ones still pertinent to the issues raised here, in Valentine Cunningham, *In the Reading Gaol: Postmodernity, Texts, and History* (Blackwell Publishers, 1994), 163–164.

9　触摸阅读

1 Italo Calvino, "Why Read the Classics?", in *Why Read the Classics?*, trans. Martin McLaughlin (Jonathan Cape, 1999), 6.
2 Catharine A. Stimpson, "Woolf's Room, Our Project: The Building of Feminist Criticism", in Ralph Cohen, ed., *The Future of Literary Theory* (Routledge, 1989), 137.
3 See Michael Riffaterre, "Undecidability as Hermeneutic Constraint", in *Literary Theory Today*, ed. Peter Collier and Helga Geyer-Ryan (Polity Press, 1990), 109–123.
4 Ihab Hassan, *Selves at Risk: Patterns of Quest in Contemporary American Letters* (University of Wisconsin Press, 1990), 15; and Jerzy Durczak, "Ihab Hassan: The Art of Risk", in *Anglistik* 11, 2 (September 2000), ed. Rüdiger Ahrens (C. Winter, 2000), 34–44.
5 Lisa Jardine, "Saxon Violence", the *Guardian* (London, 8 December 1992).

See Valentine Cunningham, "Canons", in *The Discerning Reader: Christian Perspectives on Literature and Theory*, ed. David Barratt, Roger Pooley and Leland Ryken (Apollos and Baker Books, 1995), 37–52.

6 Shoshana Felman, "After the Apocalypse: Paul de Man and the Fall to Silence", in Shoshana Felman and Dori Laub, eds, *Testimony: Crises of Witnessing in Literature, Psychoanalysis, and History* (Routledge, 1994), 120–164.

7 Roland Barthes, *S/Z* (Editions du Seuil, 1970), 26–27.

8 Roland Barthes, "The Struggle With the Angel: Textual Analysis of Genesis 32: 23–33", in, for example, *The Semiotic Challenge*, trans. Richard Howard (Blackwell Publishers, 1988), 246–260.

9 Roland Barthes, *Barthes par Barthes* (Editions du Seuil, 1975); *Barthes by Barthes*, trans. Richard Howard (Hill & Wang, 1977); *Le Grain de la voix: entretiens 1962–1980* (Editions du Seuil, 1981). See also *Incidents*, trans. Richard Howard (University of California Press, 1992).

10 Roland Barthes, *Sade/Fourier/Loyola* (1971), trans. Richard Miller (Hill & Wang, 1976).

11 For clear expression of this see the series editors' preface by Simon Critchley and Richard Kearney in Jacques Derrida, *On Forgiveness*, trans. Mark Dooley and Michael Hughes (Thinking in Action series, Routledge, 2001).

12 Czeslaw Milosz, *The Collected Poems (1931–1987)* (Penguin Books, 1988), 234.

13 Martha Nussbaum, *The Fragility of Goodness: Luck and Ethics in Greek Tragedy and Philosophy* (Cambridge University Press, 1986), 378ff.

14 Harold Bloom, *How to Read, and Why* (Fourth Estate, 2000), 73, 213.

15 Calvino, *Why Read the Classics?*, 7.

16 See Hans-Georg Gadamer, *Truth and Method* (Sheed & Ward, 1975), originally *Wahrheit und Methode: Grundzüge einer philosophischen Hermeneutik*, 2nd edn (Mohr, 1965).

17 See Coleridge in *The Romantics on Shakespeare*, ed. Jonathan Bate (Penguin Books, 1992); and Harold Bloom, *Shakespeare: The Invention of the Human* (Fourth Estate, 1999), more or less passim.

18 See Iris Murdoch, *The Sovereignty of Good* (Routledge, 1970). See also Peter Conradi's gathering of Iris Murdoch pieces, *Existentialists and Mystics* (Chatto & Windus, 1997), which includes other key Murdoch essays, e.g. "The Sublime and the Good" and "The Sublime and the Beautiful Revisited".

19 See Martha Nussbaum, "Flawed Crystals: James's *Golden Bowl* and Literature as Moral Philosophy", *New Literary History* 15 (1983), 24–50; and "Perceptive Equilibrium: Literary Theory and Ethical Theory", in Cohen, *The Future of Literary Theory*, 58–85.

20 Daniel Defoe, *Robinson Crusoe*, ed. J. Donald Crowley (World's Classics, Oxford University Press, 1983), 113.

21 The whole poem is in Desmond Graham, ed., *Poetry of the Second World War: An International Anthology* (Chatto & Windus, 1995), 70–71.

22 John Milton, *Of Reformation . . .*, *Complete Prose Works of John Milton, Vol. 1, 1624–1642*, ed. Don M. Wolfe (Yale University Press and Oxford University Press, 1953), 547–548.

23 Roland Barthes, "The World of Wrestling", in *Mythologies* (1957), trans. Annette Lavers (Cape, 1972); and "The Struggle With the Angel".

24 D. H. Lawrence, "Morality and the Novel", in *Phoenix: The Posthumous Papers of D. H. Lawrence*, ed. Edward D. McDonald (William Heinemann, 1936), 527–532.

25 In W. J. T. Mitchell, ed., *Against Theory: Literary Studies and the New Pragmatism* (University of Chicago Press, 1985), 107.

26 See William A. Cohen, *Sex Scandal: The Private Parts of Victorian Fiction* (Duke University Press, 1996), ch. 2, 26–72. I really do hope, by the way, that when in a footnote Cohen points to more "homoerotic" Dickensian handshakes, and refers to the place in *Edwin Drood* where onetime schoolfriends Crisparkle and Tartar meet again and shake hands and lay their hands on each other's shoulders, he doesn't think Crisparkle's "My old fag!" means "My old faggot", i.e. homosexual in the American sense. Though Cohen seems to think that. See Cohen, *Sex Scandal*, n. 28, 47.

27 I discuss these readings and the poem at greater length in "Fact and Tact", *Essays in Criticism* 51: 1, January 2001, 119–138.

28 Paul de Man, "Introduction", *The Selected Poetry of Keats*, ed. Paul de Man (Signet Classics, New American Library, July 1966), ix–xxxvi. Compare "Excuses (Confessions)", in *Allegories of Reading: Figural Language in Rousseau, Nietzsche, Rilke, and Proust* (Yale University Press, 1979), 278–303.

29 Stephen King, *On Writing* (New English Library, Hodder & Stoughton, 2000), 116–117.

30 René Girard, "Theory and Its Terrors", in *The Limits of Theory*, ed. Thomas Kavanagh (Stanford University Press, 1989), 246.

10 当我可以读清我的头衔

1 Christopher Ricks, "The Matter of Fact", in *Essays in Appreciation* (Oxford University Press, 1996), 283. See also his "Principles as Against Theory", in ibid., 311–332. Naming names is invidious, and I name just a few, but I do it partly encouraged by J. Hillis Miller's notorious naming of his allies and admirees in his 1986 MLA Presidential Address, "The Triumph of Theory, the Resistance to Reading, and the Question of the Material Base", reprinted in his *Theory Now and Then* (Harvester Wheatsheaf, 1991).
2 "Literary Criticism: Old and New Style", *Essays in Criticism*, vol. 10, no. 2 (April 2001), 191–207.